Alá
e as crianças soldados

Ahmadou Kourouma

Alá e as crianças soldados

tradução
Flávia Nascimento

Estação Liberdade
ATITUDE

Título original: *Allah n'est pas obligé*

Preparação Alexandre Barbosa de Souza
Composição Pedro Barros / Estação Liberdade
Assistência editorial Flávia Moino e Maísa Kawata
Capa Nuno Bittencourt / Letra & Imagem
Produção Edilberto Fernando Verza
Editor Angel Bojadsen

A coleção Latitude é dirigida por Angel Bojadsen e Ronan Prigent

CIP-BRASIL. CATALOGAÇÃO NA FONTE
Sindicato Nacional dos Editores de Livros, RJ

K88a

Kourouma, Ahmadou, 1927-
Alá e as crianças-soldados / Ahmadou Kourouma ; tradução de Flávia Nascimento. – São Paulo : Estação Liberdade, 2003. – (Latitude)

Tradução de: Allah n'est pas obligé
ISBN 85-7448-082-7

1. Romance africano. I. Nascimento, Flávia. II. Título. III. Série.

03-2069. CDD 848.99666803
CDU 821.133.1(666.8)-3

ESTE LIVRO, PUBLICADO NO ÂMBITO DO PROGRAMA DE PARTICIPAÇÃO À PUBLICAÇÃO, CONTOU COM O APOIO DO MINISTÉRIO FRANCÊS DAS RELAÇÕES EXTERIORES

Editora Estação Liberdade Ltda.
Rua Dona Elisa, 116 – 01155-030 – São Paulo - SP
Tel.: (11) 3661 2881 Fax: (11) 3825 4239
e-mail: editora@estacaoliberdade.com.br
http://www.estacaoliberdade.com.br

Às crianças de Djibuti: foi a pedido de vocês que este livro foi escrito

E à minha esposa, por sua paciência

I

Eu decidi o título definitivo e completo do meu blablablá: é *Alá e as crianças-soldados ou Alá não é obrigado a ser justo em todas as coisas aqui embaixo.* Pronto. Começo a contar minhas bobagens.

E primeiro... e um... Meu nome é Birahima. Sou um neguinho. Não porque sou black e moleque. Não! Mas sou neguinho porque falo mal francês. Isso aí. Mesmo quando a gente é grande, velho, mesmo quando é árabe, chinês, branco, russo ou até americano, se a gente fala mal francês, a gente fala que nem um neguinho, a gente é um neguinho. Essa é a lei do francês de todo santo dia.

... E dois... Não fui muito longe na escola; parei no segundo ano primário. Caí fora da escola porque todo mundo disse que a escola não vale mais nada, não vale nem um peido de velha. (É assim que a gente diz em negro preto africano nativo quando uma coisa não vale nada. A gente diz que não vale nem um peido de velha porque um peido de velha estropiada e fracota não faz barulho nem fede. A escola não vale nem um peido de vó porque nem com um diploma de universidade a gente é capaz de ser enfermeiro ou professor primário numa dessas republiquetas de banana corrompidas da África francófona. (Republiqueta de banana significa aparentemente democrática, mas na verdade regida por interesses privados, pela corrupção). Mas ir até o segundo ano primário não é exatamente grande coisa. A gente sabe um pouco, mas não o bastante; a gente parece aquilo que os negros africanos nativos chamam de broa queimada dos dois lados. A gente não é mais um bicho do mato, selvagem como os outros pretos negros africanos nativos: a gente escuta e entende os pretos civilizados e os tubabs exceto os ingleses como os americanos pretos da Libéria. Mas a gente não sabe nada de geografia, gramática, conjugação de verbos, divisão e redação; a gente não é capaz de ganhar dinheiro fácil como funcionário do Estado numa república miserável e corrompida como a Guiné, a Costa do Marfim, etc., etc.

... E três... sou insolente, errado que nem barba de bode e falo como um filho-da-mãe. Eu não falo que nem os outros pretos negros africanos nativos engravatados: merda! Puta-que-pariu! Filho-da-puta! Eu uso as palavras da língua malinquê que nem faforo! (Faforo! significa caralho do meu pai ou do pai do teu pai). Que nem gnamokodê! (Gnamokodê! significa filho-da-puta ou puta-que-pariu). Que nem Walahê! (Walahê! significa Em nome de Alá). Os malinquês, essa é minha raça. É o tipo de pretos negros africanos nativos que são numerosos ao norte da Costa do Marfim, na Guiné e em outras repúblicas de bananas estropiadas como a Gâmbia, a Serra Leoa e o Senegal, lá praqueles lados, etc.

... E quatro... Eu quero me desculpar por falar com vocês assim na cara. Porque eu não passo de uma criança. De dez ou doze anos (há dois anos minha avó dizia que eu tinha oito e minha mãe dizia dez) e eu falo demais. Uma criança educada escuta, ao invés de ficar nesse falatório[1] que nem um passarinho pendurado na figueira. Isso é para os velhos de barba comprida e branca, pelo menos é o que diz o provérbio: o joelho nunca usa chapéu quando a cabeça está no lugar. Esses são os costumes na aldeia. Mas eu faz muito tempo que estou me lixando para os costumes da aldeia, já que fui para Libéria, que matei muita gente com a kalachnikov (ou kalach) e cheirei até muita coca da boa e outras drogas pesadas.

... E cinco... Para contar minha vida de merda, minha vida de puteiro, numa fala aproximada, num francês que dê para o gasto, para não meter os pés pelas mãos com um monte de palavrões, eu possuo quatro dicionários. Primeiro o dicionário Larousse e o Petit Robert, segundo o Inventário das particularidades lexicais do francês da África negra e terceiro o dicionário Harrap's. Esses dicionários me servem para procurar os palavrões, para verificar os palavrões e principalmente para explicá-los. É preciso explicar porque meu blablablá é para ser lido por todo tipo de gente: tubabs (tubab significa branco) colonos, pretos nativos selvagens da África e francófonos de tudo que é gabarito (gabarito significa tipo). O Larousse

1. No original, "palabre"; um dos sentidos deste vocábulo é "lengalenga". Designa também, na África, a assembléia tradicional em que os mais velhos discutem os assuntos da comunidade. No passado, referia-se ainda aos presentes feitos pelos brancos aos chefes africanos a fim de ganhar seus favores (ocasião em que ocorriam longas discussões). (N.T.)

e o Petit Robert me servem para procurar, verificar e explicar os palavrões do francês da França aos pretos nativos da África. O Inventário das particularidades lexicais do francês da África explica os palavrões africanos aos tubabs franceses da França. O dicionário Harrap's explica os palavrões pidgin a todo francófono que não entende nada de pidgin.

Como é que eu pude arranjar esses dicionários? Ah, isso, isso é uma longa história que não tenho vontade de contar agora. Agora não tenho tempo, não tenho vontade de me perder no lero-lero. Faforo (caralho do meu pai!).

... E seis... É verdade, eu não sou arrumadinho e bonitinho, sou um maldito porque fiz mal para minha mãe. Para os pretos negros africanos nativos, quando você aborrece a tua mãe e se ela morre com essa raiva no coração, ela te amaldiçoa, e você pega a maldição. E nada mais dá certo para você e com você.

Eu não sou arrumadinho e bonitinho porque sou perseguido pelos gnamas de várias pessoas (Gnama é um palavrão preto negro africano nativo que tem que ser explicado aos franceses brancos. Ele significa, segundo o Inventário das particularidades lexicais do francês da África negra, a sombra que sobra depois da morte de um indivíduo. A sombra que se torna uma força imanente má que segue aquele que matou uma pessoa inocente). E eu, eu matei muitos inocentes na Libéria e em Serra Leoa onde eu lutei na guerra tribal, e onde fui criança-soldado, onde eu me droguei muito com drogas pesadas. Eu sou perseguido pelos gnamas, então para mim e comigo nada dá certo. Gnamokodê (puta-que-pariu)!

E agora estou apresentado em seis pontos, nem um a mais, em carne e osso, e com meu jeito malcriado e insolente de falar na ponta da caneta. (Não é na ponta da caneta que se deve dizer mas sim ainda por cima. É preciso explicar o que significa ainda por cima aos pretos negros africanos nativos que não entendem nada de nada. Segundo o Larousse, ainda por cima significa aquilo que se diz a mais, *en rab*).

Isso aí é o que eu sou; um quadro nada animador. Agora, depois de ter me apresentado, eu vou contar, vou contar de verdade mesmo minha vida de merda de desgraçado.

Sentem e escutem. E podem escrever tudinho. *Alá não é obrigado a ser justo em todas as coisas.* Faforo (caralho do meu pai!).

Antes de desembarcar na Libéria, eu era um menino sem eira nem beira. Eu dormia em qualquer lugar, roubava qualquer coisa em qualquer lugar para comer. Minha avó me procurava dias e dias: isso é o que a gente chama de menino de rua. Antes de ser um menino de rua, eu ia na escola. Antes disso, eu era um bilakoro da aldeia de Togobala. (Bilakoro significa, segundo o Inventário das particularidades lexicais, menino não circuncidado.) Eu corria pelos riachos, pelos campos, caçava camundongos e passarinhos no mato. Uma verdadeira criança negra preta africana do meio do mato. Antes de tudo isso, eu era um garoto na cabana com a mamãe. O garoto, ele corria da cabana da mamãe para a cabana da avó. Antes de tudo isso, eu andei de quatro na cabana da mamãe. Antes de andar de quatro, eu estava na barriga da minha mãe. Antes disso, acho que eu estava no vento, ou era uma serpente, ou estava na água. A gente sempre é alguma coisa, como serpente, árvore, gado ou homem ou mulher antes de entrar na barriga da mãe. A gente chama isso de vida antes da vida. Eu vivi a vida antes da vida. Gnamokodê (puta-que-pariu)!

A primeira coisa que tem dentro de mim... Numa linguagem correta, a gente não deve dizer dentro de mim, mas sim em minha cabeça. A coisa que tenho dentro de mim ou em minha cabeça quando penso na cabana da minha mãe é o fogo, a queimadura da brasa, um pedaço de brasa. Eu não sei quantos meses eu tinha no tempo em que chamusquei com brasa meu antebraço. (Chamuscar significa, no Inventário das particularidades lexicais, cozinhar na brasa.) Minha mamãe não tinha contado minha idade e meus meses; ela não pôde, já que sofria o tempo inteiro, chorava o tempo inteiro.

Esqueci de dizer a vocês uma coisa fundamental, muito importante, formidavelmente importante. Minha mamãe andava de bunda. Walahê (em nome de Alá)! De bunda no chão. Ela se apoiava nas duas mãos e na perna esquerda. A perna esquerda dela era arteira que nem um pau de tocar rebanho. A perna direita, que ela chamava de cabeça de serpente esmagada, era cortada, cortada pela úlcera. A úlcera, segundo meu dicionário Larousse, é uma chaga persistente com escorrimento de pus. É assim que a gente chama uma chaga na perna que não sara nunca e que acaba matando a doente. A úlcera da mamãe ficava em folhas agasalhadas com uma tanga velha. (Agasalhada significa, segundo o Larousse, envolvida.) A perna direita ficava sempre suspensa no ar. Mamãe avançava aos trancos, de bunda, que nem um mandruvá (tranco é o ato de se deter bruscamente, que pode ser seguido por uma retomada brutal.) Eu, eu andava de quatro. Eu lembro, então posso contar. Mas não gosto de dizer para todo mundo. Porque isso é um segredo; porque quando eu conto, tremo de dor que nem um medroso por causa da queimadura do fogo em minha carne. Eu corria, dava voltas engatinhando, ela me perseguia. Eu ia mais depressa do que ela.

Ela me perseguia, com a perna direita balançando no ar, ela ia de bunda, aos trancos, apoiando-se nos braços. Eu ia depressa demais, longe demais, eu não queria ser pego. Disparei, e fui parar na brasa ardente. A brasa ardente fez seu serviço, assou meu braço. Assou o braço de uma pobre criança que nem eu porque Alá não é obrigado a ser justo em todas as coisas deste mundo. A cicatriz continua no meu braço; continua na minha cabeça e na minha barriga, como dizem os africanos pretos, e também no meu coração. Ela continua em meu coração, em todo o meu ser, como os cheiros da minha mãe. Os cheiros execráveis da minha mãe embeberam meu corpo. (Execrável significa muito ruim e embebido significa molhado, penetrado por um líquido, segundo o Larousse.) Gnamokodê (puta-que-pariu)!

Então, quando eu era uma criança bonitinha, bem no meio da minha infância, tinha a úlcera que comia e apodrecia a perna direita da minha mãe. A úlcera conduzia minha mãe. (Conduzir é guiar para certo lugar.) A úlcera conduzia minha mãe e nós todos. E em volta da minha mãe e sua úlcera, tinha a fogueira. A fogueira que me chamuscou o braço. A fogueira que soltava fumaça ou era atiçada. (Atiçar é remexer as brasas duma fogueira para avivá-la.) Em volta da fogueira, canaris. (Canari significa, segundo o Inventário das particularidades lexicais, vaso em terracota de fabricação artesanal.) E mais canaris, mais e mais canaris cheios de decocções. (Decocção é a solução obtida pela ação da água fervente derramada sobre plantas.) Decocções para lavar a úlcera da mamãe. No fundo da cabana, mais canaris alinhando-se junto da parede. Entre os canaris e a fogueira, tinha minha mãe e sua úlcera na esteira. Tinha eu, tinha o feiticeiro, o caçador e o curandeiro Balla também. Balla era o curandeiro da mamãe.

Era um sujeito bacana, formidável. Conhecia tudo quanto é país, tudo quanto é coisa. Alá tinha dado a ele cem outras chances, qualidades e possibilidades incríveis. Era um alforriado, é assim que a gente chama um antigo escravo liberto, segundo o Larousse. Era um donson ba, é assim que a gente chama um chefe de caça que já matou um selvagem preto e um espírito malfeitor, segundo o Inventário das particularidades lexicais. Era um cafre, é assim que a gente chama um homem que recusa a religião muçulmana e que é cheio dos feitiços, segundo o Inventário das particularidades lexicais. Ele recusou botar fogo em seus ídolos, portanto ele não é muçulmano, não faz as cinco orações diárias, não jejua um mês por ano. No dia de sua morte, nenhum muçulmano deve ir a seu enterro e ele não deve ser enterrado no cemitério muçulmano. E ninguém, estritamente (estritamente significa rigoroso, que não deixa nenhuma sombra de dúvida), estritamente ninguém deve comer o animal que ele sacrificou.

Balla era o único bambara da aldeia (bambara significa aquele que recusou), o único cafre da aldeia. Todo mundo tinha medo dele. Ele tinha o pescoço, os braços, os cabelos, e os bolsos cheinhos de grigris.[2] Nenhum aldeão podia ir na casa dele. Mas todo mundo entrava na cabana dele de noite porque ele praticava a feitiçaria, a medicina tradicional, a magia e mil outras práticas extravagantes (extravagante significa o que passa exageradamente das medidas).

Tudo o que eu digo e desatino (desatinar é fazer ou dizer besteira) e tudo o que vou ainda balbuciar foi ele que me

2. Pequeno amuleto (africano ou antilhano) para dar sorte ou azar. (N.T.)

ensinou. Sempre se deve demonstrar gratidão à árvore-da-manteiga da qual colhemos boas frutas durante a boa estação. Eu nunca hei de ser ingrato com Balla. Faforo (caralho do pai dele)! Gnamokodê (filho-da-puta)!

A cabana da mamãe se abria por duas portas: a grande porta que dava na concessão[3] da família e a portinha que dava no cercado. De quatro, eu andava por tudo, eu esbarrava em tudo. Às vezes eu batia na úlcera. Mamãe urrava de dor. A úlcera sangrava. Mamãe urrava que nem a hiena que ficou com as patas presas nos dentes de uma enorme armadilha de pegar lobo. Ela chorava. Ela derramava tantas lágrimas, tantas lágrimas no fundo do oco do olho com a garganta cheia de soluços que sempre afogavam ela.

"Pára com as lágrimas, pára com os soluços", dizia vovó. "Foi Alá que criou cada qual lhe dando a sorte que tem, os olhos, o tamanho e os sofrimentos. Ele te nasceu com as dores da úlcera. Ele te deu uma vida inteira para passar nessa terra aí na esteira no fundo de uma cabana perto de uma fogueira. Você tem mais é que dizer Alá kubaru! Alá kubaru! (Alá é grande.) Alá não manda fadigas sem razão. Ele te faz sofrer nessa terra para te purificar e te conceder amanhã o paraíso, a felicidade eterna."

Ela enxugava as lágrimas, engolia os soluços. A gente recomeçava as brincadeiras, a gente começava a correr um atrás do outro na cabana. E numa outra manhã ela parava de brincar e chorava de dor e sufocava de soluços.

3. Noção espacial de grande importância na África; trata-se de grandes terrenos em que várias famílias constroem suas moradias, e nas quais certas dependências são comuns (por exemplo, os sanitários). (N.T.)

"Em vez de se queixar, você devia orar para Alá kubaru! Alá kubaru. Você devia agradecer a Alá por sua bondade. Ele te atingiu aqui na terra com essas dores por dias contados. Dores mil vezes menores que as do inferno. As dores do inferno que os outros condenados, infiéis e malvados sofrerão por toda a eternidade."

Vovó dizia isso e pedia para mamãe orar. Minha mamãe enxugava mais uma vez as lágrimas e orava com vovó.

Quando meu braço foi chamuscado, mamãe chorou demais, sua garganta e seu peito incharam demais com os soluços. Vovó e meu pai vieram todos dois. Eles ficaram bravos todos dois, e ralharam com minha mãe.

"É uma outra provação mandada por Alá (provação significa o que permite julgar o valor de uma pessoa). É porque Alá te reserva uma felicidade a mais no paraíso dele que ele te castiga mais uma vez aqui na terra com uma infelicidade a mais."

Minha mamãe enxugou as lágrimas, engoliu os soluços e disse as preces com vovó. E mamãe e eu continuamos nossas brincadeiras.

Balla dizia que uma criança não abandona a cabana de sua mamãe por causa do cheiro de um peido. Eu nunca senti medo do cheiro da mamãe. Na cabana tinha todos os fedores. Peido, merda, xixi, infecção de úlcera, o azedo da fumaça. E os cheiros do curandeiro Balla. Mas eu, eu não sentia os cheiros, nada me fazia vomitar. Todos os cheiros da minha mamãe e de Balla eram bons para mim. Eu estava acostumado. Foi no meio desses cheiros que eu comi bem, que eu dormi bem. Isso é o que a gente chama de meio natural em que cada espécie vive; a cabana da mamãe com seus cheiros foi o meu meio natural.

É pena que a gente não saiba o que foi o mundo antes do nascimento da gente. De manhã, eu tento imaginar como era mamãe antes da sua excisão, como ela cantava, dançava e andava antes da excisão, quando ela era moça virgem. Vovó e Balla me disseram que ela era bonita como uma gazela, como uma máscara guro. Mas eu, eu sempre vi ela deitada ou andando de bunda, e nunca de pé. Com certeza ela era excitante e irresistível. Porque depois de trinta anos na merda e no cheiro dela, nas fumaças, nas dores, nas lágrimas, ainda sobrava alguma coisa de maravilhoso no fundo do rosto. Quando o fundo do rosto não transbordava de lágrimas, ele se iluminava com um clarão. Uma coisa que nem uma pérola perdida, rachada (pérola rachada significa descascada na superfície). Uma beleza podre que nem a úlcera de sua perna direita, um clarão que era visto mais ainda no meio da fumaça e dos cheiros da cabana. Faforo! Walahê!

Quando mamãe era bonita, apetitosa e virgem, chamavam ela de Bafitini. Mesmo completamente arrasada e apodrecida, Balla e vovó continuavam chamando ela de Bafitini. Eu que sempre vi ela naquele estado deplorável de derradeira decomposição multiforme e multicor, eu sempre chamei ela de Ma, sem mais nada. Simplesmente Ma, que isso vinha do fundo do meu ventre, como dizem os africanos, ou do meu coração, como dizem os franceses da França.

Vovó dizia que Ma tinha nascido em Siguiri. Era um desses muitos lugares podres da Guiné, da Costa do Marfim, de Serra Leoa onde os trabalhadores que quebram cascalho encontram ouro. Vovô era um grande traficante de ouro. Como todo traficante rico, ele comprava muitas mulheres, cavalos, vacas e bubus engomados. As mulheres e as vacas deram muitas crias. Para alojar as mulheres, as crianças, os bezerros, a família, o gado e o ouro, ele comprava muitas concessões e construía nelas. Vovô tinha concessões em todas as aldeias de barracas em que os aventureiros mercadores de ouro vinham se virar.

Minha avó era a primeira mulher de vovô, a mãe de seus primeiros filhos. Por isso ele tinha enviado ela para a aldeia, para cuidar da concessão familiar. Ele não quis que ela ficasse nas aldeias auríferas, onde tem muito ladrão, assassino, mentirosos e vendedores de ouro.

O outro motivo de vovó ficar na aldeia era impedir que mamãe morresse de parada do coração e por causa do apodrecimento definitivo da úlcera. Mamãe dizia que a dor ia matar ela sem falta na noite em que vovó a deixasse para ir encontrar os estranguladores de mulheres das barracas dos garimpeiros, onde vovô fazia seu tráfico.

Vovó gostava muito da mamãe. Mas ela não sabia qual era sua data de nascimento, ela também não sabia mais qual era o dia da semana em que tinha nascido. Na noite em que ela teve a mamãe, estava ocupada demais. Balla me explicava que isso não tinha importância e que não interessava a ninguém saber a data e o dia da semana de nascimento, já que todos nós nascemos num dia ou noutro e num lugar ou noutro e que todos vamos morrer num dia ou noutro e num lugar ou noutro e seremos enterrados embaixo da mesma areia, para ir encontrar os antepassados e passar pelo mesmo julgamento supremo de Alá.

Na noite do nascimento da minha mãe, minha avó estava ocupada demais também por causa dos maus sinais que estavam aparecendo quase por toda a parte no universo. Naquela noite, tinha muitos sinais ruins no céu e na terra, como os uivos das hienas na montanha, os gritos das corujas nos tetos das cabanas. Tudo isso para predizer que a vida de minha mãe ia ser terrível e infelizmente infeliz. Uma vida de merda, de sofrimento, de danação, etc.

Balla disse que a gente tinha feito sacrifícios, mas não o bastante para apagar todo o mau destino da minha mamãe. Os sacrifícios, não é sempre que Alá e as almas penadas dos antepassados aceitam eles. Alá faz o que quer; ele não é obrigado a aquiescer (aquiescer significa dar seu consentimento) diante de todas as preces dos pobres humanos. As almas penadas fazem o que querem; elas não são obrigadas a aquiescer diante de toda a choradeira dos rezadores.

Vovó me adorava, eu, Birahima, como um queridinho. Ela gostava mais de mim do que de todos seus outros netos. Cada vez que alguém dava a ela torrões de açúcar, mangas boas e docinhas, mamão e leite, era para mim, só para mim; ela não comia nunca. Ela escondia tudo num canto da cabana e me dava quando eu chegava, suado, cansado, sedento, faminto como um verdadeiro menino de rua ruim.

Minha mamãe, quando ela era jovem, virgem e bonita como uma jóia, ela vivia numa aldeia onde vovô traficava ouro e onde tinha muitos vendedores de ouro bandidos que violavam e estrangulavam as moças que ainda não tinham feito a excisão. Por isso é que ela não esperou muito tempo. Desde o primeiro harmatão, ela voltou para a aldeia para participar da excisão de iniciação das jovens que ocorre uma vez por ano quando sopra o vento do norte.

Ninguém na aldeia de Togobala sabia antes em que savana aconteceria a excisão. Com os primeiros cantos do galo, as jovens saem das cabanas. E, em fila indiana (fila indiana quer dizer um atrás do outro), elas entram no mato e andam em silêncio. Elas chegam no local da excisão bem no momento em que o sol se põe. Não é preciso estar no lugar de excisão para saber que, lá, estão cortando alguma coisa das meninas. Cortaram alguma coisa da minha mãe, infelizmente seu sangue não parou de escorrer. Seu sangue escorria como um rio transbordando por causa da tempestade. Todas as suas camaradas tinham parado de sangrar. Então mamãe ia morrer lá no local da excisão. É assim, este é o preço a pagar todo ano em toda cerimônia de excisão, o espírito do mato sempre pega uma jovem entre as que passam pela excisão. O espírito mata ela e guarda como sacrifício. Ela é enterrada lá mesmo, no mato, no local da excisão. Nunca é uma feia, é sempre uma das mais bonitas, a mais bonita das excisadas. Minha mamãe era a mais bonita das moças da sua geração; por isso é que o espírito do mato tinha escolhido guardar ela para a morte.

A bruxa que fazia a excisão era da raça dos bambaras. Em nosso país, o Horodugu, tem dois tipos de raças, a dos bambaras e a dos malinquês. Nós que somos das famílias Kourouma, Cissoko, Diarra, Konatê, etc., nós somos malinquês, diúlas, muçulmanos. Os malinquês são estrangeiros; eles vieram do vale do Níger há muito, muito tempo. Os malinquês são gente de bem, que ouviram as palavras de Alá. Eles rezam cinco vezes por dia; eles não bebem vinho de palmeira e não comem carne de porco nem os bichos caçados degolados por um cafre feiticeiro como Balla. Nas outras aldeias, os habitantes são bambaras, idólatras, cafres, infiéis, feiticeiros, selvagens, bruxos. Os bambaras às vezes são chamados de lobis, senufos, kabiês, etc. Eles viviam nus antes da colonização. Eles eram chamados de homens pelados. Os bambaras são os verdadeiros autóctones, os verdadeiros antigos proprietários da terra. A mulher que fazia excisão era da raça bambara. Ela se chamava Mussokoroni. E Mussokoroni, vendo minha mamãe sangrar, morrer, teve piedade dela porque minha mamãe naquele tempo era bonita demais. Muitos idólatras não conhecem Alá e são sempre muito malvados, mas alguns são bons. A mulher que fazia excisão tinha um bom coração e ela fez um trabalho. Com sua bruxaria, suas adorações, suas rezas, ela pôde arrancar minha mamãe do malvado espírito assassino do mato. O espírito aceitou as adorações e as rezas da mulher que fazia excisão e minha mamãe parou de sangrar. Ela foi salva. Vovô e vovó, todo mundo estava contente na aldeia e todo mundo quis recompensar a mulher, e pagar um alto preço a ela; ela recusou. Recusou e pronto.

Ela não queria dinheiro, gado, noz-de-cola, milho, vinho, roupas ou cauris (cauri significa concha originária do oceano Índico que desempenhou e desempenha ainda um papel importante na vida tradicional e que serve particularmente como moeda de troca). Porque ela achava que minha mamãe era bonita demais; ela queria casá-la com seu filho.

Seu filho era um caçador, um cafre, um bruxo, um idólatra, um feiticeiro, um cafre ao qual não se deve jamais dar em casamento uma muçulmana religiosa que lia o Corão como a mamãe. Todo mundo na aldeia disse não.

Casaram mamãe com meu pai. Porque meu pai, ele era primo de mamãe; porque ele era filho do imame da aldeia. Então a bruxa que fazia excisão e seu filho que também era mágico ficaram todos dois bravos, muito bravos. Eles lançaram contra a perna direita de minha mamãe um feitiço ruim, um korotê (significa, segundo o Inventário das particularidades lexicais, veneno que age a distância sobre uma pessoa visada), um djibo (significa feitiço de influência maléfica) muito forte, muito poderoso.

Quando mamãe se casou, e começou a desenvolver sua primeira gravidez, um ponto preto, um pontinho preto pequenininho germinou na sua perna direita. O ponto preto começou a doer. Furaram ele. Ele se abriu numa feridinha; cuidaram da feridinha; ela não sarou. E começou a comer o pé, a comer o tornozelo.

Sem perder tempo, foram até a casa de Balla, foram ver os mágicos, os videntes, os marabutos; todos disseram que a mulher da excisão e o filho dela tinham jogado um feitiço. Foram na aldeia da mulher da excisão e do filho dela. Era tarde demais.

Nesse meio tempo, a mulher que fazia excisão morreu, morreu de velhice e foi enterrada. Seu filho caçador era ruim; ele não queria escutar nada, entender nada, aceitar nada. Ele era mesmo ruim como um verdadeiro idólatra, um inimigo de Alá.

Mamãe deu à luz minha irmã mais velha. Quando minha irmã mais velha começou a andar e a correr, como a ferida continuava apodrecendo, transportaram mamãe para o hospital das redondezas. Isso foi antes da independência. No hospital tinha um doutor branco, um tubab que usava três galões nos ombros, um médico africano que não usava galão nenhum, um enfermeiro-chefe, uma parteira e muitos outros pretos que usavam todos aventais brancos. Todos os pretos com aventais brancos eram funcionários pagos pelo governador da colônia. Mas, para que um funcionário fosse bom com um doente, o doente trazia um frango para o funcionário. Esse sempre foi o costume na África. Mamãe deu frangos a cinco funcionários. Todos foram bons para a mamãe, todos cuidaram bem da mamãe. Mas a ferida da mamãe, com a faixa e o permanganato, em vez de sarar, continuou a sangrar muito e a apodrecer de verdade. O médico capitão disse que ele ia operar a perna de mamãe, cortar no joelho e jogar o resto podre para os cachorros do lixão. Felizmente o enfermeiro-chefe a quem mamãe tinha dado um frango veio à noite prevenir a mamãe.

Ele disse a ela que sua doença não era doença para branco curar, que era uma doença para africano preto negro e selvagem. Era uma doença que a medicina e a ciência do branco não podem curar. "É a bruxaria do curandeiro africano que pode fechar tua ferida. Se o capitão operar tua perna, você vai morrer, vai morrer de vez, morrer de uma vez por todas, que nem um cão", disse o enfermeiro-chefe. O enfermeiro era muçulmano e não podia mentir.

Vovô pagou um burriqueiro. Na noite, ao luar, o burriqueiro e o curandeiro Balla foram até o hospital e, que nem bandidos, raptaram mamãe. Eles levaram ela para o mato antes do nascer do sol, eles esconderam ela embaixo duma árvore da floresta espessa. O capitão ficou bravo, veio de farda militar com os galões e com os guardas das redondezas da aldeia. Eles procuraram mamãe em todas as cabanas da aldeia. Eles não encontraram, já que ninguém na aldeia sabia onde tinham escondido ela no mato.

Quando o capitão e seus guardas foram embora, o curandeiro Balla e o burriqueiro dele saíram da floresta e mamãe voltou para a cabana dela. Ela continuou a se arrastar com a bunda aos trancos. Faforo (caralho do meu pai)!

Agora todo mundo estava convencido que a úlcera de mamãe era uma doença de nativo africano preto e que ela não podia ser curada por nenhum branco europeu mas sim por um medicamento nativo de bruxo curandeiro. Então todo mundo estava juntando noz-de-cola, frangos, um branco e um preto, e mais um boi. Iam levar todas essas coisas de sacrifício para o filho da mulher que fazia excisão que junto com sua mãe tinha lançado por ciúme o mau olhado, o korotê, contra a perna direita da minha mãe. Iam pedir perdão a ele, pedir que ele retirasse o malefício, o djibo. Todo mundo estava pronto.

Mas acontece que, de manhã bem cedinho, para surpresa geral, viram chegar três velhos da aldeia da mulher que fazia excisão. Eram três verdadeiros velhos feiticeiros, não muçulmanos. Os bubus deles eram nojentos, eles eram feios e sujos que nem o cu da hiena. De tanto que eles mastigavam noz-de-cola, dois tinham as mandíbulas completamente desdentadas, que nem o traseiro de um chimpanzé. O terceiro, ele também, tinha a boca desdentada, mas só tinham sobrado na parte de baixo dois caninos esverdeados que nem um feitiço. De tanto que eles mastigavam tabaco, as barbas deles eram ruivas que nem os pêlos do ratão da cabana da mamãe e não brancas como as dos velhos muçulmanos que fazem cinco abluções por dia. Eles andavam que nem caramujos, apoiados em bastões. Eles tinham vindo com noz-de-cola, dois frangos, um preto e um branco, e depois um boi. Eles tinham vindo pedir perdão a minha mãe. Porque o filho da bruxa, o caçador ruim, tinha morrido também. Com seu fuzil, ele tinha tentado matar um búfalo-espírito no mato cerrado. O búfalo deu uma chifrada nele, depois balançou o corpo antes de jogar ele no chão, espezinhar e matar completamente esfregando os intestinos e as entranhas na lama.

Aquilo foi tão feio e impressionante que eles foram ver os adivinhos e videntes de confiança. E todos aqueles adivinhos e videntes disseram que o búfalo malvado não passava de um avatar (significa mudança, metamorfose) de minha mamãe Bafitini. Isto é, minha mamãe tinha se transformado em búfalo malvado. Era minha mamãe que tinha matado e comido as almas da mulher que fazia excisão e do filho dela (comedor de almas significa autor da morte que supostamente consome o princípio vital de sua vítima, segundo o Inventário das particularidades). Minha mamãe era a maior bruxa do país inteiro: sua bruxaria era mais forte do que a da mulher que fazia excisão e a do seu filho. Ela era a chefe de todos os bruxos e comedores de almas da aldeia. Toda noite ela comia com outros bruxos as almas e isso na úlcera de sua própria perna. Por isso que sua ferida nunca podia sarar. Ninguém no mundo podia curar a úlcera podre. Era ela mesma, minha mãe, que queria andar de bunda com a perna direita para o ar a vida inteira porque de noite ela ia comer as almas dos outros e devorar sua ferida podre. Walahê (em nome de Alá)!

Quando eu fiquei sabendo disso tudo, quando soube da bruxaria da minha mãe, quando soube que ela comia em sua própria perna podre, eu fiquei surpreso demais, tão espantado, que chorei, chorei demais por quatro dias, noite e dia. Na manhã do quinto dia, fui embora da cabana e decidi que não ia mais comer com mamãe. De tanto, de tanto que eu achava ela nojenta.

Eu virei um menino de rua. Um verdadeiro menino de rua que dorme com as cabras e que rouba qualquer coisa nas concessões e nos campos para comer.

Balla e vovó vieram me pegar no mato e me levaram de volta para casa. Eles enxugaram minhas lágrimas; eles me pediram para esfriar meu coração (esfriar o coração significa acalmar meu sentimento de raiva, de sofrimento) e disseram que mamãe não era, não podia ser uma bruxa. Porque ela era muçulmana. Os velhos bambaras não-muçulmanos eram uns tremendos de uns mentirosos.

O que disseram Balla e vovó não me convenceu muito; era tarde demais. Um peido que escapou não pode ser pego de volta. Eu continuava a olhar mamãe com o rabo do olho, com desconfiança e hesitação no meu ventre, que nem dizem os africanos, e no coração, que nem dizem os franceses. Eu tinha medo que um dia ela comesse minha alma. Quando comem tua alma, você não pode mais viver, você morre de doença, de acidente. De qualquer morte ruim, gnamokodê (puta-que-pariu)!

Quando mamãe morreu, Balla disse que ela não tinha sido comida pelos bruxos. Porque ele, Balla, era um adivinho, um feiticeiro que detectava os bruxos, que conhecia os bruxos. Vovó explicou que Alá tinha matado mamãe só com a úlcera e com as lágrimas que ela tanto derramava. Porque ele, Alá, faz o que quer lá do céu; ele não é obrigado a ser justo em tudo o que faz nesta terra.

A partir daquele dia, eu soube que eu tinha feito mal a minha mamãe, muito mal. Eu tinha feito mal a uma aleijada. Minha mamãe não me disse nada, mas ela morreu com a malvadeza no coração. Eu carregava suas maldições, a danação. Eu nunca vou fazer nada de bom nesta terra.

Talvez eu fale mais tarde a vocês da morte de minha mamãe. Mas não é obrigatório ou indispensável falar disso quando a gente não tem vontade. Faforo (caralho do pai)!

Eu ainda não disse nada para vocês do meu pai. Ele chamava Mory. Eu não gosto de falar de meu pai. Isso me dá dor no coração e no ventre. Porque ele morreu sem ficar com a barba branca de velho sábio. Eu não falo muito do meu pai porque não conheci ele muito bem. Não convivi muito com ele porque ele bateu com as dez quando eu ainda estava engatinhando. Foi o curandeiro Balla que sempre conviveu com ele e gostou dele. Felizmente o feiticeiro Balla conhece muita coisa. Ele conhece a bruxaria e viajou muito como caçador na Costa do Marfim, no Senegal, até mesmo em Gana e na Libéria onde os pretos são americanos pretos e onde todos os nativos falam o pidgin. É assim que eles chamam o inglês lá.

Issa é meu tio, é assim que a gente chama o irmão do pai da gente. Era ao meu tio Issa que mamãe devia pertencer depois do falecimento de meu pai, com ele é que devia automaticamente se casar minha mãe. Este é o costume dos malinquês.

Mas ninguém na aldeia estava de acordo em dar minha mamãe ao tio Issa. Porque ele nunca tinha vindo ver mamãe na cabana; ele nunca tomou conta de mim e sempre criticou maldosamente meu pai, minha avó e meu avô. Ninguém na aldeia gostava do tio Issa. Ninguém queria a aplicação do costume. E, da parte dele, meu tio Issa também não queria saber de uma mulher que anda de bunda e que tem sempre uma perna podre balançando no ar.

Como a lei do Corão proíbe a uma mulher muçulmana religiosa como mamãe de viver durante um ano de doze luas fora de um casamento selado com liga de noz-de-cola (noz-de-cola significa fruto comestível da coleira, consumido por suas virtudes estimulantes. A noz-de-cola constitui o presente ritual da sociedade tradicional), minha mamãe foi obrigada a falar, a dizer o que ela queria, a escolher.

Ela disse a vovó que era sempre Balla que ficava dia e noite na sua cabana; ela queria seu casamento selado com o curandeiro feiticeiro dela, Balla. Todo mundo gritou e esperneou que nem cachorro doido, todo mundo era contra porque Balla era um bambara feiticeiro que não fazia as cinco orações diárias, não jejuava. Portanto ele não podia casar com uma muçulmana praticante que nem minha mãe que todos os dias fazia as orações na hora.

Houve discussão e leitura do Corão. Para acabar de uma vez por todas com a longa discussão foram ver o imame. Assim é chamado o velho de barba branca que reza diante de todo mundo na sexta-feira, nos dias de festa e até cinco vezes por dia. O imame pediu a Balla que dissesse várias vezes "Alá kubaru e bissimilai", e todo mundo concordou com a aliança selada com noz-de-cola com Balla.

Assim é que Balla ficou sendo meu padrasto. É assim que a gente chama o segundo marido da mãe. Balla e mamãe fizeram um casamento branco.

Mesmo quando a mulher e o homem que casam são pretos e estão vestidos de preto, quando eles não dormem nunca juntos a gente diz que o casamento deles é um casamento branco. O casamento era branco por duas razões. Balla tinha muitos grigris pendurados no pescoço, no braço e na cintura e não queria jamais ficar sem roupa na frente de uma mulher. E mesmo que ele quisesse tirar todos aqueles feitiços ele nunca teria conseguido fazer filhos. Porque ele não conhecia a técnica de meu pai. Meu papai não tinha tido tempo de ensinar para ele a técnica acrobática de se dobrar bem sobre mamãe para aplicar crianças, já que mamãe andava de bunda com uma perna podre de úlcera pendurada nos ares.

Meu papai, ele fez três filhos com a mamãe. Minha irmã Mariam e minha irmã Fatuma. Meu pai era um grande cultivador e um bom praticante muçulmano que alimentava bem minha mamãe. Vovó disse que meu pai morreu apesar de todo o bem que fazia nessa terra porque ninguém nunca há de poder conhecer as leis de Alá e que o Todo Poderoso lá do céu está pouco se lixando, ele faz o que quer, ele não é obrigado a fazer sempre justiça em tudo o que decide realizar na terra aqui embaixo.

Minha mamãe morreu pela razão que bem quis Alá. O praticante muçulmano não pode dizer nem reprovar nada a Alá, disse o imame. Ele acrescentou que minha mamãe não morreu de bruxaria mas sim por causa da úlcera. Sua perna continuou a apodrecer porque não tinha mais ninguém para curar ela depois do desaparecimento da mulher que fazia excisão e do filho dela e porque sua doença não era doença para ser cuidada em dispensário de homem branco. Também porque o tempo que Alá tinha concedido a ela nesta terra estava terminado.

O imame acrescentou que não era verdade o que os velhos sujos tinham vindo contar. Não era verdade que mamãe comia a si mesma de noite por bruxaria, em sua ferida podre. Isso me esfriou o coração e eu comecei a chorar de novo por minha mãe. O imame disse que eu não tinha sido um menino bom. O imame, na aldeia, é o marabuto de barba cheia que, toda sexta-feira às treze horas, dirige a grande oração. Foi por isso que eu comecei a me arrepender muito.

E agora meu coração continua queimando e eu continuo sentindo pena quando penso na morte de mamãe. Porque às vezes eu digo que talvez mamãe não fosse uma comedora de almas e eu me lembro da noite em que ela chegou ao fim.

Quando mamãe começou a apodrecer demais, apodrecer até o último grau, ela me chamou e apertou bem forte meu braço esquerdo com sua mão direita. Eu não podia escapar para ir bancar o vagabundo naquela noite pelas ruas afora. Eu dormi na esteira e mamãe entregou a alma quando o primeiro galo cantou. Mas de manhã os dedos de mamãe estavam tão apertados em volta do meu braço que foi preciso Balla, vovó e uma outra mulher para me arrancarem de minha mãe. Walahê (em nome de Alá)! É verdade.

Todo mundo chorou muito porque mamãe tinha sofrido demais neste mundo aqui embaixo. Todo mundo disse que mamãe ia partir diretamente para o bom paraíso de Alá lá em cima porque aqui nesta terra mamãe tinha conhecido todas as infelicidades e todos os sofrimentos e que Alá não tinha mais outros sofrimentos e infelicidades para aplicar nela.

O imame disse que a alma dela será uma boa alma, uma alma que protegerá bem os vivos contra os sofrimentos e contra todos os maus-olhados, uma alma que é preciso adorar e evocar. Mamãe agora está no paraíso; ela não sofre mais, todo mundo aqui na terra está contente. Só eu que não.

A morte de mamãe dói, ainda dói demais. Porque as declarações dos velhos cafres eram umas grandes mentiras, eles eram uns tremendos mentirosos. E eu, eu fui um menino ruim e malvado com ela. Eu machuquei mamãe, ela morreu com a ferida no coração. Então eu sou um maldito, eu arrasto minha maldição por todo lado em que vou. Gnamokodê (puta-que-pariu)!

Para os funerais de minha mãe de sétimo e quadragésimo dias (sétimo dia e quadragésimo dia significa, segundo o

Inventário de particularidades lexicais, cerimônia em memória de um defunto), minha tia Mahan veio da Libéria.

Mahan é a mamãe de Mamadu. É por isso que dizem que Mamadu é meu primo. Minha tia Mahan vivia na Libéria longe da estrada na floresta depois de um rio. Mahan tinha ido se refugiar lá com seu segundo marido porque seu primeiro marido, o pai de meu primo Mamadu, era um mestre caçador. Um mestre caçador que gritava, xingava, ameaçava com a faca e o fuzil. É o que a gente chama de um violento; o mestre caçador, papai de Mamadu, era um baita violento. Minha tia fez com o mestre caçador minha prima Ferima e meu primo Mamadu. O nome do mestre caçador, o pai de Mamadu, era Morifing. Mas Morifing xingava tanto, batia, ameaçava minha tia, tanto e tanto, que um dia minha tia foi embora; ela fugiu.

Em todo lugar deste mundo uma mulher não deve deixar a cama de seu marido mesmo que o marido xingue, bata e ameace a mulher. Ela sempre está errada. É isso que a gente chama de direitos da mulher.

Ainda não era o tempo das independências. Minha tia foi convocada ao escritório do comandante branco da subdivisão. Por causa dos direitos da mulher, as duas crianças foram arrancadas da mãe delas e confiadas ao pai. Para impedir minha tia de roubar e ver os filhos dela, o pai deles enviou os dois para a Costa do Marfim. O primo Mamadu foi entregue a seu tio, um enfermeiro gordo. O enfermeiro enviou meu primo para a escola dos brancos lá na Costa do Marfim.

Naquele tempo, não tinha muitas escolas, e a instrução ainda era útil. Foi por isso que Mamadu pôde virar um figurão na vida. Um doutor.

Apesar do divórcio concedido pelo administrador colonial e graças aos direitos da mulher, apesar de Morifing ter a guarda de seus dois filhos, o caçador violento continuava procurando minha tia e seu segundo marido. Às vezes, de noite, ele acordava, dava tiros para cima sozinho com seu fuzil e dizia que ia matar os dois, que ia matar os dois como veadinhos do mato. Por isso que minha tia e seu marido tinham ido embora para longe de todas as colônias francesas como a Guiné e a Costa do Marfim para se refugiar na floresta da Libéria que é uma colônia de americanos pretos em que as leis francesas dos direitos da mulher não são aplicadas. Porque o inglês que as pessoas falam lá se chama pidgin. Faforo!

Então, no momento dos funerais de minha mãe, o caçador violento não estava na aldeia. Seu costume era de sair da aldeia durante meses, para ir longe em outros países onde ele continuava a bancar o violento e a matar um monte de animais selvagens para vender a carne deles. Esse era o seu comércio, sua ocupação. Porque ele estava ausente é que minha tia tinha vindo à aldeia para vir ajudar nós todos, vovó, Balla e eu, a chorar pela morte de minha mãe.

Três semanas depois da chegada de minha tia à aldeia, eles reuniram um grande falatório da família na cabana de vovô. (Falatório significa a reunião tradicional feita pelos chefes de aldeias africanas a fim de discutirem os problemas pendentes, e tomar decisões.) O falatório reunia vovô, vovó, minha tia, outras tias e outros tios. Eles decidiram, em razão das leis de família próprias dos malinquês, que minha tia tinha se tornado, depois da morte de minha mamãe, minha segunda mãe. A segunda mãe também é chamada de tutora.

Era minha tia, minha tutora, que devia me alimentar e me vestir e só a ela cabia o direito de me bater, xingar e educar bem.

Eles decidiram que eu devia ir embora para a Libéria com minha tia, minha tutora, porque na aldeia eu não ia na escola francesa nem na escola corânica. Eu bancava o vagabundo e o menino de rua ou ia à caça no mato com Balla que, em vez de me instruir sobre os ensinamentos de Alá e do Corão, me ensinava a caça, a feitiçaria e a bruxaria. Isso, vovó era contra, ela queria me distanciar, me separar de Balla para que eu não me tornasse um bambara, um feiticeiro não crente, em vez de permanecer um verdadeiro malinquê que faz direito suas cinco orações por dia.

Vovó, para me encorajar, me convencer a deixar meu padrasto Balla, me disse que lá na Libéria, na casa da minha tia, eu comeria todo dia arroz com carne e molho de semente de palmeira. Eu fiquei contente de ir embora e cantei, porque eu tinha muita vontade de comer bem, arroz com molho de semente de palmeira. Walahê (em nome de Alá)!

Mas o conselho dos anciãos anunciou a vovô e a vovó que eu não podia sair da aldeia porque eu era um bilakoro. A gente chama de bilakoro um menino que ainda não foi circuncidado nem iniciado. Porque lá na Libéria é a floresta e os homens são bushmen. (Bushmen significa, segundo o Inventário, homens da floresta, nome dado por desprezo pelos homens da savana aos homens da floresta.) Os bushmen são gente da floresta que não são malinquês e que não conhecem a circuncisão nem a iniciação. Eu fiz parte do primeiro contingente da estação propícia para a circuncisão e a iniciação.

Uma noite vieram me acordar, nós saímos andando e, no nascer do sol, estávamos numa planície na beira da floresta, no local da circuncisão. A gente não precisa estar no local da circuncisão para saber que naquele lugar cortam alguma coisa. Cada bilakoro cavou um buraquinho diante do qual se sentou. O encarregado da circuncisão tinha saído da floresta com um monte de limões verdes, o mesmo número que o de meninos para serem circuncidados. Era um velho alto da casta dos ferreiros. Era também um grande mágico e um grande bruxo. Cada vez que ele cortava um limão verde, o prepúcio de um menino caía. Ele passou diante de mim, eu fechei os olhos e meu prepúcio caiu no buraco. Isso dói demais. Mas é esta a lei dos malinquês.

Alojaram a gente num acampamento, num bosque fechado na entrada da aldeia, onde a gente viveu junto durante dois meses.

Durante aqueles dois meses, ensinaram para a gente algumas coisas, muitas coisas, com a obrigação de a gente nunca divulgá-las. Isso é o que a gente chama de iniciação. Nunca vou falar disso a um não-iniciado. No dia em que a gente foi embora do bosque sagrado, a gente comeu bem e dançou muito. A gente não era mais bilakoro, a gente era iniciado, homens de verdade. E eu, eu podia ir embora da aldeia sem chocar ninguém, sem que ninguém falasse mal de mim.

Minha tia que chamam também de minha segunda mãe ou de minha tutora e eu Birahima um garoto sem eira nem beira, a gente estava pronto para ir para a Libéria, quando, bruscamente, uma noite, na hora da quarta oração, a gente ouviu uma gritaria seguida de tiros de fuzil lá dos lados da concessão do ex-marido da minha tia, o caçador violento. A aldeia inteira gritou e disse que o caçador tinha voltado. Minha tia teve tanto medo que, sem perder tempo, desapareceu na noite no meio do mato sem mim. Foi quando, duas semanas mais tarde, minha tia chegou junto do seu marido lá na Libéria que vovó e os velhos da aldeia começaram a procurar um viajante capaz de me acompanhar até a casa da minha tia na Libéria.

Lá em casa, todo mundo conhece os nomes de todos os grandes figurões originários da aldeia que têm muito dinheiro em Abidjão, em Dacar, em Bamaco, em Conacri, em Paris, Nova Iorque, Roma, e até nos países distantes e frios do outro lado do Oceano na América e lá na França. Os grandes figurões também são chamados de hadjis porque todo ano eles vão à Meca para sacrificar lá no deserto os carneiros deles na grande festa muçulmana chamada festa dos carneiros ou el-kabir.

Por isso é que todo mundo na aldeia já tinha ouvido falar há muito tempo de Yacuba. Yacuba era um grande figurão originário da aldeia que estava em Abidjão e que também bancava lá o grande hadji, com seu enorme bubu bem acolchoado.

Numa manhã, na hora de acordar, toda a aldeia ficou sabendo que Yacuba tinha voltado de noite. Mas todo mundo tinha que ficar de boca fechada e ninguém podia dizer que Yacuba estava na aldeia. O homem que tinha voltado, todo mundo sabia muito bem que ele se chamava Yacuba, mas todo mundo tinha que esquecer seu nome Yacuba e chamar ele de Tiecura. Cinco vezes por dia, todo mundo via ele ir até a mesquita e ninguém podia dizer para o outro que tinha visto com seus próprios olhos ele passar. Yacuba vulgo Tiecura. (Quando alguém tem um nome e que se deve chamá-lo por outro, chama-se isto vulgo.) Yacuba vulgo Tiecura estava na aldeia há duas luas e ninguém chamava ele por seu nome Yacuba e ninguém se perguntava por que um grande figurão que nem ele tinha voltado.

Como na aldeia ninguém conseguia encontrar alguém para me acompanhar até a casa da minha tia na Libéria, o grande figurão hadji Yacuba vulgo Tiecura, numa manhã depois da oração, disse que ele ia me levar para a Libéria. Ele queria me acompanhar porque ele era também multiplicador de notas de dinheiro. Um multiplicador de notas de dinheiro é um marabuto ao qual se dá um punhadinho de dinheiro um dia e que, noutro dia, te reembolsa com um montão de notas CFA[4] ou até mesmo com dólares americanos. Tiecura era multiplicador de notas de dinheiro e também marabuto adivinho e marabuto fabricante de amuletos.

Tiecura estava com pressa de sair de viagem porque por todo lado todo mundo estava dizendo que na Libéria, com a guerra, os multiplicadores de notas de dinheiro ou os adivinhos curandeiros ou os fabricantes de amuletos estavam ganhando muito dinheiro e dólares americanos. Eles ganhavam muito dinheiro porque só tinham sobrado na Libéria chefes de guerra e gente que tem muito medo de morrer. Um chefe de guerra é um grande figurão que matou muitas pessoas e a quem pertence um país com aldeias cheias de gente que o chefe de guerra comanda e pode matar sem mais nem menos. Com os chefes de guerra e a gente deles, Tiecura tinha certeza de poder exercer sua profissão sem que a polícia incomodasse

4. Francos da Comunidade Francófona Africana. (N.T.)

ele como em Abidjão. Ele sempre era incomodado pela polícia por causa do trabalho e de todos os ofícios que exercia em Abidjão, Yopugon, Port-Bouët e outras cidades da Costa do Marfim como Daloa, Bassam, Buakê e até Bundiali, no país dos senufos, lá longe, no norte.

Yacuba vulgo Tiecura era um grande figurão de verdade, um verdadeiro hadji. Quando foi circuncidado, ele foi embora da aldeia para vender noz-de-cola em muitas cidades da floresta do país dos bushmen, na Costa do Marfim, como Agloville, Daloa, Gagnoa ou Anyama. Em Anyama ele ficou rico e exportou um montão de cestos de noz-de-cola por navio para Dacar. Por meio de molhar a mão (significa propina). Por meio de molhar a mão ou propina paga aos fiscais da alfândega, os cestos de noz-de-cola embarcavam no porto de Abidjão, chegavam e saíam do porto de Dacar sem pagar um tostão de impostos ou taxas de exportação. No Senegal e na Costa do Marfim, se o exportador de noz-de-cola não molha bem a mão dos fiscais de alfândega, ele é obrigado a pagar um montão de taxas e impostos de exportação ao governo e aí ele não ganha nadica de nada. Os cestos de Yacuba que não tinham pago um tostão de taxas eram vendidos a um preço alto no mercado do Senegal com enormes lucros. Com os enormes lucros, Yacuba vulgo Tiecura ficou rico.

Rico, ele pegou um avião e foi até a Meca para virar hadji. Hadji, ele voltou a Abidjão para casar com várias mulheres. Para alojar as várias mulheres, ele comprou várias concessões (vários pátios) em Anyama e outros lugares perdidos desse mundo cheios de assassinos lá de Abidjão, como Abobo. Como tinha muitos quartos vazios nas concessões, os parentes, os amigos, os amigos dos parentes e dos amigos dele, os parentes das mulheres dele vieram de toda parte para ocupar os quartos, se alimentarem bem e viverem num grande falatório. Para pôr ordem no falatório durante o dia inteiro quando Yacuba vulgo Tiecura não rezava ele discutia embaixo do tapiri. (Tapiri é uma construção leve com teto feito de folhas de palmeira trançadas armadas sobre estacas que serve de abrigo contra o sol.) Ele discutia embaixo do tapiri vestido com seu grande bubu acolchoado e com os provérbios e suratas de um grande hadji usando turbante.

Num mês, ele ficou tão ocupado com o falatório, tão chateado com os tagarelas, que se esqueceu de molhar a mão dos fiscais da alfândega para garantir um navio cheio de cestos de noz-de-cola que partiu e chegou bem a Dacar.

Em Dacar havia greve dos estivadores. Os estivadores e os fiscais da alfândega deixaram a noz-de-cola apodrecer nas estivas enquanto Yacuba vulgo Tiecura continuava papeando embaixo do tapiri. Todos os cestos de noz-de-cola de um navio inteiro ficaram completamente estragados, perdidos, bons para serem jogados fora no mar. Yacuba tinha perdido todo o seu dinheiro. Em língua de branco francês a gente diz que Yacuba estava completamente arruinado, totalmente arruinado.

Quando uma pessoa está arruinada, os banqueiros vêm reclamar o dinheiro que tinham generosamente emprestado a ela. Se você não paga na hora, eles te levam para o tribunal. Se você não pode dar uma molhadinha na mão dos magistrados, dos juízes, dos tabeliões e advogados do tribunal de Abidjão, você é condenado com a pena mais forte. Quando você é condenado, se você não pode dar uma molhadinha na mão dos oficiais de justiça e dos policiais, eles apreendem tuas concessões junto com tuas casas.

Apreenderam todas as concessões de Yacuba vulgo Tiecura. Para não assistir à apreensão e para que não pusessem a mão nas jóias de suas mulheres, ele fugiu para Gana.

Gana é um país perto da Costa do Marfim, onde se joga futebol muito bem e onde se fala também o pidgin em vez de inglês.

Em Gana, tinha muitas mercadorias muito menos caras do que em Abidjão. E molhando bem a mão dos fiscais de alfândega das fronteiras, ele fez entrar as mercadorias na Costa do Marfim sem pagar impostos e pôde vendê-las a um preço alto com enormes lucros. Com os lucros, ele enriqueceu, comprou uma grande concessão em Yopugon Port-Bouët, mulheres, turbantes, bubus acolchoados e ônibus rápidos para transportar passageiros apressados. Isso mesmo, muitos ônibus rápidos.

Como o motorista de um dos ônibus desviava tudo o que recebia, Yacuba vulgo Tiecura entrou ele mesmo no ônibus para receber seu dinheiro. O motorista, descontente, provocou um acidente mortal. Yacuba ferido, hospitalizado, foi curado por Alá porque ele se ajoelhava todos os dias para suas cinco orações e degolava com muita freqüência fazendo um monte de sacrifícios. Porque os sacrifícios faziam com que seus votos fossem atendidos. (Para os africanos nativos pretos, quando os sacrifícios feitos são atendidos é que se tem muita sorte.)

De seu acidente, de sua hospitalização, ele tirou duas coisas. Primeiro, ele ficou manco, chamavam ele de bandido manco. Segundo, ele ficou com a certeza de que Alá em sua bondade nunca deixa vazia uma boca por ele criada. Faforo (caralho do meu pai)!

Enquanto Yacuba vulgo Tiecura estava no hospital, um dos seus amigos veio visitar ele. Ele se chamava Seku. Seku Dumbuya. Era um colega da mesma idade, colega de iniciação, portanto um velhíssimo amigo. (Nas aldeias negras pretas africanas, as crianças são classificadas por faixa etária. Elas fazem tudo por faixa etária. Elas brincam e são iniciadas por faixa etária.) Seku veio visitar ele de Mercedes-Benz. Na Costa do Marfim, são os ricos que circulam de Mercedes-Benz. Seku contou a Yacuba o ofício que ele exercia para ganhar muito dinheiro sem riscos e sem fazer porra nenhuma. Era o trabalho de marabuto. Na saída do CHU[5] de Yopugon, Yacuba vulgo Tiecura vendeu a carcaça do carro e dos outros ônibus rápidos e se instalou como marabuto multiplicador de notas de dinheiro, fabricante de amuletos, inventor de orações para ter sucesso e descobridor de sacrifícios para conjurar todos os maus-olhados.

Seu trabalho funcionou bem. Porque um montão de ministros, deputados, funcionários de alto escalão, novos ricos e outros figurões começaram a vir na casa dele. Quando os bandidos, assassinos e outros matadores da Costa do Marfim viram isso, eles vieram também com malas cheias de dinheiro roubado para multiplicar as notas ganhas nos assaltos.

Em Abidjão, quando os policiais vêem um bandido com uma arma na mão, eles não discutem com ele, eles abatem sem pensar duas vezes, como um bicho caçado, um coelho. Um dia, os policiais atiraram em três bandidos, dois morreram na hora; o terceiro, antes de bater com as dez, pôde explicar que o dinheiro deles estava com o multiplicador de notas Yacuba vulgo Tiecura. Os policiais bateram para a casa do multiplicador.

Por meio de sacrifícios atendidos (significa por sorte segundo o Inventário das particularidades. Os pretos nativos

5. Centro Hospitalar Universitário. (N.T.)

africanos fazem muitos sacrifícios sangrentos contra as desgraças. É quando os sacrifícios deles são atendidos que eles têm muita sorte), por meio de sacrifícios atendidos ou por sorte, Yacuba vulgo Tiecura estava ausente quando os policiais revistaram e encontraram na casa dele um montão de malas cheias de notas roubadas.

Yacuba não voltou mais para casa. Ele fugiu de Abidjão de noite, tomou o nome de Tiecura e se refugiou na aldeia onde todos que viam ele diziam que não tinham visto. Yacuba continuava pensando, e dizia isso, que Alá em sua imensa bondade nunca deixa vazia uma boca por ele criada.

Este homem é que propôs me acompanhar até a casa da minha tia na Libéria. Walahê (em nome de Alá)! É verdade.

Uma manhã ele veio me ver. Ele me chamou para um canto e, em segredo, me fez confidências. A Libéria era um país fantástico. O ofício dele, multiplicador de notas de dinheiro, era um trampo de ouro naquele país. Chamavam ele de grigriman. Um grigriman é um figurão lá. Para me encorajar a partir, ele me contou um monte de coisas da Libéria. Faforo (caralho do meu pai)!

Coisas maravilhosas. Lá, tinha a guerra tribal. Lá, os meninos de rua que nem eu viravam crianças-soldados que a gente chama em pidgin americano segundo meu Harrap's de small-soldiers. Os small-soldiers tinham tudo, tudo mesmo. Eles tinham kalachnikov. Kalachnikov é um fuzil, uma arma que atira sem parar inventada por um russo. Com as kalachnikovs, as crianças-soldados tinham tudo, tudo mesmo. Elas ganhavam dinheiro, até mesmo dólares americanos. Elas possuíam calçados, galões de uniformes, rádios, bonés, e até carros que a gente também chama de jipe. Eu gritei Walahê! Walahê! Eu queria ir para a Libéria. Depressa, depressa. Eu queria virar uma criança-soldado, um small-soldier. Uma criança-soldado ou um soldado-criança, tanto faz, dá no mesmo. A única palavra que eu tinha na boca era small-soldier. Na cama, quando eu fazia cocô ou xixi, eu gritava sozinho small-soldier, criança-soldado, soldado-criança!

Uma manhã, no primeiro canto do galo, Yacuba chegou em casa. Ainda estava escuro; vovó me acordou e me deu arroz com molho de amendoim. Eu comi muito. Vovó nos acompanhou. Quando chegamos na saída da aldeia onde tem um lixão, ela pôs uma moeda na minha mão, talvez a única economia dela. Até hoje eu sinto o calor da moeda no fundo da palma da minha mão. Depois ela chorou e voltou para casa. Eu nunca mais ia ver ela. Isso, foi Alá que quis assim. E Alá não é justo em tudo o que ele faz aqui nessa terra.

Yacuba me pediu para andar na frente dele. Yacuba mancava, chamavam ele de bandido manco. Antes da partida ele disse que no caminho a gente teria sempre alguma coisa para comer porque Alá em sua imensa bondade nunca deixa vazia uma boca por ele criada. Carregando as bagagens na cabeça, Yacuba e eu fomos embora a pé antes do sol nascer para a cidade do mercado onde havia caminhões para todas as capitais da Guiné, da Libéria, da Costa do Marfim e do Mali.

A gente mal tinha posto o pé na estrada, não tinha andado nem um quilômetro, de repente, do lado esquerdo, uma coruja fez um barulhão, saiu do mato e desapareceu na noite. Eu dei um pulo de medo e gritei "mamãe!" e me agarrei nas pernas de Tiecura. Tiecura, que é um homem destemido e direito, recitou uma das poderosíssimas suratas que ele conhece de cor. Depois, ele disse que a coruja que aparece do lado esquerdo do viajante três vezes é um triplo sinal de mau presságio para a viagem. (Presságio significa sinal pelo qual se prevê o futuro.) Ele sentou e recitou três outras suratas fortes do Corão e três terríveis preces de bruxo nativo. Automaticamente, um turaco cantou do lado direito (turaco: pássaro de grande porte, frugívoro, segundo o Inventário). Depois de o turaco ter cantado à direita, Yacuba levantou e disse que o canto do turaco é uma boa resposta. Uma boa coisa que significava que nós tínhamos a proteção da alma da minha mãe. A alma da minha mamãe é forte demais porque minha mamãe chorou demais aqui nessa terra. A alma da minha mamãe tinha varrido do nosso caminho o barulho funesto da coruja. (Funesto significa que traz infelicidade, que traz a morte). Mesmo eu tendo sido amaldiçoado por mamãe, sua alma me protegia.

E nós continuamos com o pé na estrada (pé na estrada significa, segundo o Inventário, andar) sem falar, porque nós estávamos muito fortes e tranqüilos.

Depois disso, a gente ainda nem estava com o pé na estrada havia muito tempo, nem uns cinco quilômetros, de repente mais uma vez à esquerda uma segunda coruja fez um barulho no mato e desapareceu na noite. Eu tive tanto, mas tanto medo, que gritei duas vezes "mamãe!" Yacuba vulgo Tiecura que é um cara destemido e direito no ofício de marabuto e na bruxaria recitou duas das ótimas suratas que ele conhece de cor. Depois, ele disse que as corujas que surgem duas vezes do lado esquerdo do viajante são coisa de muito mau, mas muito mau mesmo, agouro. (Agouro significa o que parece anunciar o futuro.) Ele sentou e recitou seis suratas fortes do Corão e seis enormes preces de bruxo nativo. Automaticamente, uma perdiz cantou à direita; então ele levantou, sorriu e disse que o canto da perdiz significava que a gente tinha a proteção da minha mãe. A alma da minha mamãe é uma boa alma, uma alma forte demais porque minha mamãe chorou demais e andou demais de bunda aqui nessa terra. A alma da minha mamãe tinha varrido mais uma vez da nossa viagem o funesto barulho da coruja. Minha mamãe era boa demais, ela me protegia, mesmo eu tendo feito a ela muito mal.

E nós continuamos com o pé na estrada sem preocupação porque a gente estava contente e orgulhoso de verdade.

Depois disso a gente ainda não estava havia muito tempo com o pé na estrada, nem mesmo dez quilômetros, de repente à esquerda uma terceira coruja fez um barulhão no mato e desapareceu na noite. Eu fiquei com tanto, com tanto, mas com tanto medo que gritei três vezes "mamãe!". Tiecura que é um homem destemido e direito no ofício de marabuto e na bruxaria, recitou três das poderosíssimas suratas que ele conhece de cor. Depois, ele disse que as corujas que surgem do lado esquerdo do viajante três vezes são um presságio ruim demais para a viagem. Ele sentou e recitou nove outras suratas fortes do Corão e nove enormes preces de bruxo nativo. Automaticamente, uma galinha-d'angola cantou à direita; então ele levantou, sorriu e disse que o canto da galinha-d'angola significava que a gente tinha a bênção da alma da minha mãe. A alma da minha mamãe é uma alma boa e forte demais porque minha mamãe chorou demais e andou demais de bunda aqui nessa terra. A alma de minha mamãe tinha varrido mais uma vez de nossa viagem o terceiro barulho funesto da coruja. E a gente continuou com o pé na estrada sem pensar demais, de tanto que a gente estava forte e tranqüilo.

A manhã começava a chegar e a gente continuava andando. De repente, todos os pássaros da terra, das árvores, do céu cantaram juntos porque eles estavam todos contentes, contentes demais. Isso fez o sol aparecer num pulo diante da gente por cima das árvores. A gente também, a gente estava muito contente, olhando de longe o topo do baobá da aldeia quando a gente viu chegar do lado direito uma águia. A águia estava pesada porque segurava alguma coisa com as garras. Quando chegou perto, a águia largou no meio da estrada o que estava segurando. Era uma lebre morta. Tiecura gritou muitos enormes bissimilai e rezou durante muito, muito tempo, dizendo as suratas e muitas rezas de feiticeiro cafre. Ele estava muito preocupado e disse que uma lebre morta no meio da pista era um agouro muito, mas muito ruim mesmo.

Quando a gente chegou, não foi direto para a rodoviária. A gente entrou na cidade com vontade de renunciar à viagem, de voltar para Togobala. Eram muitos os maus presságios.

Mas nós vimos uma velha desgraçada apoiando-se num bastão. Yacuba deu a ela uma noz-de-cola. Ela ficou contente e nos aconselhou a ir consultar um homem que tinha acabado de chegar na aldeia. Este homem tinha se tornado o mais forte dos marabutos, dos médiuns, dos mágicos da aldeia e da região. (Médium significa pessoa conhecida por se comunicar com os espíritos.) Nós demos a volta em três concessões, três cabanas, e fomos dar bem na casa do marabuto. Esperamos no vestíbulo, já que tinha gente na nossa frente. E ao entrar na cabana, surpresa! O marabuto era simplesmente Seku, o amigo de infância de Yacuba que tinha visitado ele de Mercedes no CHU de Yopugon de Abidjão. Yacuba e Seku se abraçaram. Seku tinha sido obrigado a sair de Abidjão e a abandonar sua Mercedes e todos os seus bens por causa de uma obscura história de multiplicação de notas de dinheiro como Yacuba (história obscura significa história deplorável, torpe, segundo o Petit Robert). Depois que nós sentamos na cabana, Seku, num golpe de mestre, tirou da manga do bubu um frango branco. Yacuba soltou gritos, maravilhado. Eu, eu fui tomado de um assombro (assombro significa pavor misturado com horror que toma conta, segundo o Petit Robert). Seku nos recomendou muitos sacrifícios, sacrifícios duros. Nós matamos dois carneiros e dois frangos num cemitério. O frango que ele tinha tirado da manga e mais outro.

Os sacrifícios foram atendidos. Alá e as almas penadas não eram obrigados a aceitá-los; eles aceitaram porque quiseram. Nós ficamos tranqüilizados. Seku nos aconselhou também a não embarcar antes da sexta-feira. Sexta-feira era o único dia recomendado aos viajantes que viram uma lebre morta no meio do caminho deles. (Recomendado significa fortemente aconselhado.) Porque a sexta-feira é o dia santo dos muçulmanos, dos mortos e até dos feiticeiros também.

Nós estávamos otimistas e fortes (otimista significa confiante no futuro, segundo o Larousse). Nós estávamos otimistas e fortes porque Alá em sua imensa bondade nunca deixa uma boca por ele criada sem subsistência (subsistência significa alimento e manutenção). A gente estava em junho de 1993.

Não posso esquecer de dizer que, nas discussões com o médium Seku, Yacuba conseguiu convencê-lo a ir para a Libéria e para Serra Leoa. Porque naqueles países as pessoas morriam como moscas e, nos países em que as pessoas morrem como moscas, os marabutos que são capazes de tirar da manga da roupa um frango ganham muito dinheiro; dólares demais. Ele não disse não. E, de fato, nós encontramos ele em várias ocasiões nas florestas inóspitas da Libéria e de Serra Leoa (inóspita significa feroz, selvagem).

Aí está o que eu tinha a dizer hoje. Estou com o saco cheio; vou parar por hoje.

Walahê! Faforo (caralho do meu pai)! Gnamokodê (filho-da-puta)!

II

Quando a gente diz que tem guerra tribal num país, isso significa que o país foi dividido entre bandidos saqueadores: eles dividiram a riqueza; eles dividiram o território; eles dividiram os homens. Eles dividiram tudo mesmo e o mundo inteiro deixa eles fazerem o que bem entendem. Todo mundo deixa eles em liberdade matando os inocentes, as crianças e as mulheres. E não é só isso! O mais engraçado é que cada um defende com a energia do desespero seu bocado e, ao mesmo tempo, cada um quer aumentar o que já é do seu domínio. (Energia do desespero significa, segundo o Larousse, a força física, a vitalidade.)

Havia na Libéria quatro bandidos saqueadores: Doe, Taylor, Johnson, El Hadji Koroma, e outros reles bandidinhos. Os bandidinhos reles tentavam virar importantes. E eles tinham dividido tudo entre eles. Por isso a gente diz que tinha guerra tribal na Libéria. E era para lá que eu ia. E era lá que vivia minha tia. Walahê (em nome de Alá)! É verdade.

Em todas as guerras tribais e na Libéria, as crianças-soldados, os small-soldiers ou children-soldiers, não são pagas. Elas matam os habitantes e carregam tudo que dá para pegar. Em todas as guerras tribais e na Libéria, os soldados não são pagos. Eles massacram os habitantes e pegam para eles tudo o que pode servir para alguma coisa. Os soldados-crianças e os soldados, para se alimentarem e satisfazerem suas necessidades naturais, vendem a preço de banana tudo o que pegam e carregam.

É por isso que a gente encontra de tudo a preço de banana na Libéria. Ouro a preço de banana, diamante a preço de banana, televisores a preço de banana, jipe a preço de banana, pistolas e kalachnikov ou kalach, tudo mesmo a preço de banana.

E quando tudo está a preço de banana num país, os comerciantes afluem para este país. (Afluir é chegar em grande número, no meu Larousse.) Os comerciantes e as comerciantes que querem ficar ricos depressa vão todos para a Libéria para comprar ou fazer trocas. Eles vão com punhados de arroz, um pedacinho de sabão, um galão de petróleo, algumas notas de dólares ou de francos CFA. São coisas que faltam terrivelmente lá. Eles compram ou trocam por mercadorias a preço de banana, depois vão vender na Guiné ou na Costa do Marfim a preços altos. É isso que a gente chama de grandes lucros.

É para ter grandes lucros que os comerciantes e as comerciantes se juntam como num formigueiro em volta dos gbakas de saída para a Libéria, em N'Zerekorê. (Gbaka é uma palavra negra preta africana nativa que a gente encontra no Inventário das particularidades lexicais do francês da África negra. Ela significa ônibus, automóvel.)

E depois, quando tem guerra tribal num país, a gente entra nesse país em comboio. A gente entrava na Libéria em comboio. (Um comboio é quando vários gbakas vão juntos.) O comboio é precedido e seguido por motos. Nas motos, homens armados até os dentes para defender o comboio. Porque além dos quatro bandidões tem um monte de bandidinhos que barram o caminho para extorquir. (Extorquir é exigir pela força o que não é devido, segundo meu Larousse.)

Era em comboio que a gente ia para a Libéria e, para não ser extorquido, a gente tinha uma moto na frente da gente e foi assim que a gente saiu de viagem. Faforo (caralho do meu pai)!

O pequeno, um verdadeiro kid (significa segundo meu Harrap's, garoto, guri), um verdadeiro toco de gente, estava bem na virada, bem ali, bem ali. A moto encarregada da nossa proteção ia na frente, e não pôde parar de uma vez quando o toco de gente fez um sinal. Os caras que estavam na moto acharam que eram os que faziam barragem nas estradas. Eles atiraram. E de repente o garoto, a criança-soldado abatida, caída, morta, completamente morta. Walahê! Faforo!

Veio um instante, um momento de silêncio anunciando a tempestade. E a floresta das redondezas começou a cuspir tarataratatá... tarataratatá... tarataratatá... tiros de metralhadora. Os tarataratatás... de metralhadora estavam entrando em ação. Os passarinhos da floresta viram que a coisa estava fedendo, levantaram e voaram na direção de outros céus mais repousantes. Tarataratatás de metralhadora regaram a moto e os caras que estavam na moto, isto é, o motorista e o jirigote que estava de butuca com kalachnikov na garupa. (A palavra jirigote não está no Petit Robert, mas encontra-se no Inventário das particularidades lexicais do francês da África negra. Quer dizer bancar o espertalhão.) O motoqueiro e o jirigote na garupa tinham morrido todos os dois, completamente, totalmente. E apesar disso, a metralhadora continuava tarataratatá... fiu! Tarataratatá... fiu! E na estrada, no chão, já dava para ver o estrago: a moto pegando fogo e os corpos metralhados, remetralhados, e sangue para todo lado, muito sangue, um sangue que não cansava de correr. Faforo! E o troço continuava cuspindo fogo, continuava sua música sinistra de tarataratatá. (Sinistra significa sombria, amedrontadora, aterrorizadora.)

Vamos começar pelo começo.

Normalmente as coisas se passam de outro jeito. A moto e o ônibus param de uma vez bem no momento em que o garotinho dá o sinal sem passar nem um centímetro adiante dele. E as coisas se passam bem, muito bem. Faforo! O garotinho, a criança-soldado do tamanho de uma chibatinha de oficial, discute com os caras que vão na moto de proteção na cabeça do comboio. Os tipos se familiarizam, dão risada que nem se bebessem cerveja juntos todas as noites. O toco de homem apita, apita de novo. Então a gente vê um jipe saindo do mato com um monte de folhas para fazer a camuflagem. Um jipe cheinho de garotos, cheinho de crianças-soldados, de small-soldiers. Uns tocos de gente... do tamanho de uma chibatinha de oficial. Crianças-soldados bancando o jirigote com kalach. Kalachnikovs penduradas a tiracolo. Todos com uniforme de pára-quedistas. Uniformes de pára-quedistas grandes demais, compridos demais para eles, uniformes de pára-quedistas que descem até cobrir os joelhos, uniformes de pára-quedistas nos quais eles estão boiando. O mais engraçado é que entre essas crianças-soldados tem meninas, isso mesmo, meninas de verdade que têm uma kalach, que bancam o jirigote com as kalachs. Não tem muitas. São as mais cruéis; capazes de te botar uma abelha viva dentro do olho arregalado. (Quando alguém é muito malvado, os negros africanos pretos dizem que essa pessoa é capaz de te botar uma abelha viva dentro do olho arregalado.) A gente também vê crianças-soldados vestidas do mesmo jeito, usando armas do mesmo jeito, saírem do mato a pé, chegarem perto do ônibus, discutirem com os passageiros como se fossem velhos amigos com os quais fizeram o retiro da iniciação. (Na aldeia, fazer o retiro da iniciação significa considerar como um velho amigo.) O jipe vai para a cabeça do comboio, guia o comboio.

A gente chega no campo entrincheirado do coronel Papai bonzinho. Os chefes do comboio descem, os caras entram no campo do coronel Papai bonzinho. Tudo é aberto, pesado e avaliado. As taxas de alfândega são calculadas de acordo com o valor. Começa um palavrório, uma discussão longa, depois o acordo é concluído. Os caras pagam, pagam de novo em mercadorias, arroz, mandioca, fonio[1] ou dólar americano. Isso mesmo, em dólar americano. O coronel Papai bonzinho organiza uma missa ecumênica. (No meu Larousse, ecumênica significa uma missa na qual falam de Jesus Cristo, de Maomé e de Buda.) É isso, o coronel Papai bonzinho organiza uma missa ecumênica. A missa despeja um monte de bênçãos. E a gente se separa.

1. Minúsculo grão comestível. (N.T.)

É assim que as coisas acontecem. Porque o coronel Papai bonzinho é o representante, o pregador da NPFL. (NPFL é a abreviação em inglês de National Patriotic Front of Liberia. O que para nós dá Frente Nacional Patriótica da Libéria.) NPFL é o movimento do bandido Taylor que semeia o terror na região.

Mas com a gente as coisas não se passaram de jeito nenhum assim. Os caras na moto encarregados da proteção acharam que eram os tipos que fazem barragem na estrada e eles atiraram. E isso desencadeou o resto.

Depois dos tarataratatás da metralhadora, a gente só ouviu os tarataratatás da metralhadora. Os caras que estavam armados eram loucos por metralhar e continuaram atirando. E quando o estrago já estava feito, só então a coisa parou.

Enquanto isso, no ônibus, a gente estava que nem doido. Tinha gente berrando o nome de tudo quanto é alma penada, de tudo que é espírito protetor da terra e do céu. Aquilo era uma balbúrdia de fim de mundo. E tudo isso porque o motoqueiro, o cara que bancava o jirigote com a kalach tinha atirado na criança-soldado.

Yacuba tinha sentido isso muito bem, logo de cara, na hora de embarcar. Ele tinha diagnosticado que o cara na garupa da moto não estava numa boa. Foi ele que atirou primeiro. Ele achou que eram uns bandidinhos, assaltantes comuns de estrada. Ele atirou e as conseqüências estavam lá, bem na nossa frente.

Nós vimos aparecer uma criança-soldado. Um small-soldier, ele não era maior do que uma chibatinha de oficial. Uma criança-soldado com traje de pára-quedista grande demais. Era uma menina. Ela vinha com um passo hesitante. (É assim que a gente diz quando o passo é medroso, inseguro.) E depois ela olhou o trabalho feito pela metralhadora, examinou tudo como se alguém pudesse se levantar, quando na verdade todo mundo estava morto e até o sangue já tinha cansado de escorrer. Ela parou e depois assobiou, e assobiou de novo, bem alto. E de todo lado desembocaram crianças-soldados, todas vestidas que nem a primeira, todas bancando o jirigote com uma kalach.

Elas cercaram a gente primeiro, depois gritaram: "Todo mundo descendo dos ônibus com as mãos para o alto", e nós começamos a descer com as mãos para o alto.

As crianças-soldados estavam furiosas, vermelhas de tão furiosas. (A gente não deve dizer vermelho de furioso no caso dos pretos. Os pretos nunca ficam vermelhos: eles ficam carrancudos.) Então os small-soldiers ficaram carrancudos; eles estavam chorando de raiva. Eles estavam chorando pelo camarada deles que tinha morrido.

Nós começamos a descer. Um a um, um depois do outro. Um soldado tomava conta das jóias. Ele arrancava os brincos e os colares e punha tudo num saco que um outro segurava. As crianças-soldados despenteavam, desvestiam, descalçavam todo mundo. Se a cueca era bonita, pegavam ela. As roupas eram colocadas de lado num monte, vários montes: o dos sapatos, o dos chapéus, das calças, das cuecas. O passageiro totalmente nu, quando era um homem, tentava esconder com a mão desengonçada o bangala ao vento, se era uma mulher, escondia o gnussu-gnussu. (Bangala e gnussu-gnussu são os nomes das partes vergonhosas segundo o Inventário das particularidades lexicais na África negra.) Mas as crianças-soldados não deixavam. À força, eles mandavam os passageiros com vergonha darem o fora para a floresta. E cada um corria para ir se refugiar na floresta sem dar um pio.

Quando foi a vez de Yacuba, ele não deu moleza. Ele berrou bem alto: "Eu feiticeiro, eu grigriman, grigriman..." As crianças-soldados empurraram ele e obrigaram ele a tirar a roupa. Ele continuou berrando: "Eu feiticeiro, grigriman. Eu grigriman..." Mesmo pelado, tentando esconder o bangala, ele continuava gritando "grigriman, feiticeiro". E quando eles mandaram ele para floresta ele voltou de lá ainda gritando "grigriman, feiticeiro". "Maku", ordenaram as crianças-soldados apontando a kalach para a bunda dele. (Maku encontra-se no Inventário das particularidades lexicais do francês da África negra. Quer dizer em silêncio.) E ele ficou em silêncio e parou na beirada da estrada, com a mão na frente da parte vergonhosa.

Chegou a minha vez. Eu também não deixei eles me fazerem de gato e sapato. Eu choraminguei que nem uma criança mimada: "Criança-soldado, small-soldier, soldado-criança, eu quero ser criança-soldado, eu quero ir para a casa da minha tia em Niangbo." Eles começaram a me tirar a roupa e eu, eu continuei choramingando, choramingando: "Small-soldier, eu small-soldier. Eu small-soldier." Eles me mandaram ir para a floresta, eu recusei e fiquei lá com o bangala descoberto. Eu estou pouco me lixando para a decência. Eu sou um menino de rua. (Decência significa respeito aos bons costumes segundo o Petit Robert.) Eu estou pouco me lixando para os bons costumes, eu continuei choramingando.

Uma das crianças-soldados engatilhou a kalach apontando para a minha bunda e ordenou: "Engole! Engole!" E eu fiquei maku. Eu estava tremendo, meus lábios tremiam que nem o furico de uma cabra esperando o bode. (Furico significa ânus, traseiro.) Eu estava com vontade de fazer xixi, de fazer cocô, de tudo isso e mais ainda. Walahê!

Mas veio a vez de uma mulher, uma mãe. Ela desceu do ônibus com seu bebê no colo. Uma bala perdida tinha furado, trucidado o pobre bebê. A mãe também não deu moleza. Ela também, também recusou tirar a roupa. Eles arrancaram a tanga dela. Ela recusou entrar na floresta, ela ficou do meu lado e do lado de Yacuba. Na beira da estrada com o bebê morto no colo. Ela começou a choramingar: "Meu bebê, meu bebê, Walahê! Walahê!" Quando eu vi aquilo, eu comecei de novo minha ladainha de criança mimada: "Eu quero ir para Niangbo, eu quero ser soldado-criança. Faforo! Walahê! Gnamokodê!"

O concerto estava barulhento demais, alto demais, eles deram um jeito na gente. Eles ordenaram: "Calando essa latrina." E nós ficamos maku. "Quietos." E nós ficamos parados que nem os presuntos no meio da estrada. E nós ficamos todos os três, na beira da estrada, que nem uns babacas.

E de repente um jipe desembocou da floresta. Cheio de crianças-soldados. Sem esperar sinal algum, começaram a pilhar tudo nos ônibus. Elas pegaram tudo o que servia para alguma coisa. Elas empilharam tudo no jipe. O jipe fez várias viagens de ida e volta até a aldeia. Depois de darem jeito em tudo o que estava nos ônibus, elas se interessaram pelos montes de sapatos, de roupas, de chapéus. Elas empilharam tudo no jipe que fez de novo várias viagens de ida e volta. Na última viagem, voltaram com o coronel Papai bonzinho.

Walahê! O coronel Papai bonzinho estava paramentado de maneira sensacional. (Paramentar é vestir-se com adornos e enfeites, segundo o meu Larousse.) O coronel Papai bonzinho tinha antes de mais nada o galão de coronel. Isso, isso é a guerra tribal que determina. O coronel Papai bonzinho usava uma batina branca, batina branca apertada na cintura com uma cinta de couro preto, cinta presa a suspensórios de couro preto cruzados nas costas e no peito. O coronel Papai bonzinho usava uma mitra de cardeal. O coronel Papai bonzinho se apoiava numa bengala pontifical, uma bengala que tinha uma cruz na ponta. O coronel Papai bonzinho segurava na mão esquerda a Bíblia. Para coroar tudo isso, para completar o quadro, o coronel Papai bonzinho usava por cima da batina branca uma kalachnikov pendurada a tiracolo. A inseparável kalachnikov que ele arrastava dia e noite por todo lado. Isso, isso é a guerra tribal que determina.

O coronel Papai bonzinho desceu do jipe chorando. Sem brincadeira, chorando que nem menino! Ele foi se debruçar sobre o corpo da criança-soldado, o corpo do menino que tinha parado o comboio. Ele orou e orou de novo. O coronel Papai bonzinho veio na nossa direção. Com tudo aquilo que ele usava, tudo mesmo.

Eu comecei a choramingar: "Eu quero ser soldado-criança, child-soldier. Eu quero minha tiazinha, minha tiazinha de Niangbo!" Uma criança-soldado armada quis fazer eu engolir meus soluços. O coronel Papai bonzinho não deixou; ele veio me fazer carinho na cabeça como um verdadeiro pai. Eu estava contente e orgulhoso que nem um campeão de luta senegalesa. Eu parei de chorar. O coronel Papai bonzinho, em toda sua majestade, fez um sinal. Um sinal que queria dizer que era para me levarem. Me deram uma tanga. A tanga, eu amarrei em volta da bunda.

Ele se aproximou de Yacuba que entoou sua ladainha: "Eu sou grigriman, eu sou feiticeiro." Ele fez um sinal e trouxeram uma tanga para Yacuba que escondeu suas vergonhas. Seu bangala tinha encolhido.

O coronel Papai bonzinho se aproximou da mãe, da mãe com o bebê. Ele olhou para ela, e olhou de novo. Ela estava descomposta, não tinha mais a tanga, e a calça dela não escondia o gnussu-gnussu. (Gnussu-gnussu significa sexo de mulher.) Tinha nela um charme sensual, tinha nela um sex-appeal voluptuoso. (Sex-appeal significa que dá vontade de transar.) O coronel Papai bonzinho fez que ia embora, depois voltou. Ele voltou porque a mulher tinha um sex-appeal voluptuoso, ele voltou para acariciar o bebê. Ele pediu que viessem buscar o corpo do bebê.

Eles chegaram com uma maca improvisada para pegar o bebê. (A gente diz improvisado quando a coisa foi feita depressa e na falta de outra melhor. Está no Petit Robert.) O corpo do bebê e o do menino foram levantados para dentro do jipe com a maca improvisada.

O coronel Papai bonzinho entrou no carro. Quatro crianças-soldados armadas entraram no carro ao lado do coronel Papai bonzinho. O carro arrancou. Os outros foram atrás, pé na estrada. Isso mesmo, pé na estrada. (Eu já disse: pé na estrada significa andar.)

A gente seguiu eles. A gente, quer dizer, Yacuba, a mãe do bebê e este vosso servidor, isto é, eu mesmo, o menino de rua em carne e osso. O carro dirigiu-se para a aldeia, subiu o morro em direção à aldeia, devagarinho e em silêncio. Devagarinho e em silêncio porque havia mortos a bordo. É assim na vida do dia-a-dia, quando tem mortos a bordo, obrigatoriamente a gente tem que ir devagarinho e em silêncio. A gente estava otimista porque Alá em sua imensa bondade nunca deixa vazia uma boca por ele criada. Faforo!

Bruscamente o coronel Papai bonzinho fez o carro parar. Ele desceu do carro, todo mundo desceu do carro. O coronel Papai bonzinho cantou muito alto um canto forte e muito melodioso. O canto foi enviado aos ares pelo eco. O eco da floresta. Era um canto dos mortos em gyo. O gyo é a língua dos negros pretos africanos nativos de lá, daquele fim de mundo deles. Os malinquês chamam eles de bushmen, de selvagens, de antropófagos... Porque eles não falam o malinquê que nem a gente e não são muçulmanos que nem a gente. Os malinquês, com seus enormes bubus, parecem bonzinhos e acolhedores, quando na verdade são racistas e sacanas.

O canto também foi entoado pelas crianças-soldados armadas. Era tão, mas tão melodioso, que me fez chorar. Chorar rios de lágrimas, como se fosse a primeira vez que eu via uma grande desgraça. Como se eu não acreditasse em Alá. Vocês tinham que ver. Faforo (caralho do meu pai)!

A aldeia inteira saiu das cabanas. Por curiosidade, para ver. As pessoas seguiram o jipe com os corpos dentro. Por costume, e porque as pessoas são babacas maria-vai-com-as-outras. Foi uma verdadeira procissão.

A criança-soldado morta chamava-se Kid, o capitão Kid. No canto melodioso, o coronel Papai bonzinho escandia de vez em quando "Capitão Kid", e todo o cortejo berrava depois dele "Kid, Kid". Vocês tinham que ouvir. Parecia um bando de imbecis.

A gente chegou no campo entrincheirado. Como todos os outros da Libéria da guerra tribal, o campo era delimitado por crânios pendurados na ponta de estacas. O coronel Papai bonzinho apontou a kalachnikov para cima e deu tiros. Todas as crianças-soldados pararam e atiraram para cima como ele. Foi uma verdadeira festa. Vocês tinham que ver. Gnamokodê!

O corpo de Kid ficou exposto sob o tapiri durante todo o resto do dia. (Tapiri existe no Inventário das particularidades. Eu já expliquei o que é.)

A multidão vinha de tempos em tempos e se inclinava diante do corpo e fingia estar triste como se na Libéria não se matassem todos os dias na maior desordem inocentes e crianças.

De noite, a vigília fúnebre começou às nove horas depois da reza muçulmana e da católica. Ninguém sabia exatamente qual era a religião de Kid, já que ninguém conhecia os pais dele. Católico ou muçulmano? Dá no mesmo. Durante a vigília, a aldeia inteira estava lá, sentada em banquinhos em volta dos dois corpos. Diversas lamparinas iluminavam. Era feérico. (Feérico, palavrão do Larousse, significa pertencente ao mundo da fantasia, mágico.)

Duas mulheres entoavam um canto que era seguido em coro por todo mundo. De vez em quando, para não dormir e também para não ser devorado pelos pernilongos, o pessoal se levantava, e se abanava com grandes leques. Porque as mulheres estavam usando leques, e elas dançavam de um jeito escabroso. Não! Não! Não era escabroso, era endiabrado. (Escabroso significa indecente, ousado, segundo o Petit Robert.)

Bruscamente ouviu-se um grito vindo de umas profundezas insondáveis. Aquilo anunciava a entrada do coronel Papai bonzinho na dança, a entrada do chefe da cerimônia na roda. Todo mundo se levantou e tirou o chapéu porque era ele o chefe, o patrão do pedaço. E viu-se o coronel Papai bonzinho completamente transformado. Mas completamente para valer! Walahê! Isso mesmo.

Sua cabeça estava cingida por um cordão multicolorido, ele estava com o torso nu. O homem tinha músculos de um touro e fiquei contente de ver um homem tão bem alimentado e tão forte naquela Libéria faminta. Do pescoço e dos braços, dos ombros, pendiam múltiplos cordões de feiticeiro. E entre os cordões tinha uma kalach. A kalach era porque tinha guerra tribal na Libéria, e matava-se gente como se ninguém valesse nem o peido de uma velha estropiada. (Na aldeia, quando alguma coisa não tem importância, a gente diz que ela não vale nem o peido de uma velha estropiada. Eu já expliquei uma vez, mas estou explicando de novo.) Papai bonzinho deu três voltas no corpo e foi sentar. Todo mundo sentou e ficou ouvindo que nem uns babacas.

Ele começou explicando as circunstâncias nas quais o capitão Kid tinha sido morto. Uns moços numa moto, possuídos pelo espírito do mal, atiraram nele sem aviso-prévio. Era o diabo que tinha tomado conta deles. A alma do capitão voou. Nós vamos chorar muito por ela. Não dava para tirar o diabo do coração de todos os passageiros do comboio, do espírito de todos os responsáveis pelo falecimento do capitão. Não era possível, então a gente matou alguns mas, como Deus diz que não se deve matar demais, ele diz para se matar menos, nós os abandonamos, deixamos os outros lá do jeitinho que eles vieram ao mundo. Nós deixamos eles pelados. Foi Deus quem disse: quando alguém te faz mal, evita matar, mas deixa ele lá do jeito que ele veio ao mundo. Todos os bens deles que estavam no ônibus, tudo o que eles tinham com eles, nós trouxemos para cá. Tudo aquilo devia ser dado aos pais do capitão. Mas como ninguém conhecia os pais do capitão, tudo ia ser distribuído, dividido com justiça entre todas as crianças-soldados, os companheiros do capitão Kid. As crianças-soldados venderão o que dermos para elas e ganharão dólares. Com os dólares, poderão comprar um montão de haxixe. Deus há de punir os que fizeram a maldade de matar o capitão Kid.

Depois, ele anunciou o que ia fazer. Walahê! Procurar o bruxo comedor de almas. O comedor de almas que tinha comido o soldado-criança, o capitão Kid, djoko-djoko. (Djoko-djoko significa de qualquer maneira, segundo o Inventário das particularidades.) Ia desentocar ele fosse qual fosse a forma sob a qual ele se escondia. Ia dançar a noite inteira e, se fosse preciso, mais um dia inteiro. Não ia parar enquanto não o tivesse encontrado. Enquanto não tiver desmascarado ele completamente. (Desmascarar significa, segundo o Larousse, que a malvadeza cometida pelo bruxo é revelada e se torna conhecida de todos.)

O coronel Papai bonzinho, para parecer ainda mais sério, mais decidido, livrou-se de sua kalach. Não colocou ela longe; deixou ela ao alcance da mão porque o país estava em guerra, e o povo morria que nem mosca na Libéria da guerra tribal.

E o batuque continuou ainda mais forte, mais endiabrado, mais trepidante. E os cantos mais melodiosos que o do rouxinol. De vez em quando serviam vinho de palmeira, de vez em quando o coronel Papai bonzinho bebia vinho de palmeira, se entregava ao vinho de palmeira. Ora, o vinho de palmeira não faz muito bem ao coronel Papai bonzinho. De jeito nenhum. Ele bebeu a noite inteira, bebeu tanto que no fim estava completamente bêbado, completamente ding. (Ding significa inconsciente.)

Foi por volta das quatro horas da manhã, totalmente bêbado, que ele se dirigiu com passos hesitantes para a roda das mulheres. E lá ele avançou vigorosamente em direção a uma velha que também estava meio adormecida. Era ela, e ninguém mais, que tinha comido a alma do valente soldado-criança Kid. Era ela, Walahê! Ela, e ninguém mais, que era a chefe do bacanal. (Bacanal significa orgia no meu Larousse.)

A coitada gritou que nem passarinho preso numa arapuca: "Não fui eu! Não fui eu!"

— Foi sim, foi você! Foi você — replicou o coronel Papai bonzinho. A alma de Kid veio te denunciar essa noite.

— Walahê! Não fui eu. Eu gostava do Kid. Ele vinha comer comigo.

— Por isso que você comeu ele. Eu te vi de noite virando coruja. Eu estava dormindo que nem um crocodilo, com um olho aberto outro fechado. Você pegou a alma com as tuas garras. Você foi até a folhagem do baobá. As outras que também tinham virado coruja foram te encontrar lá. E aí foi aquele bacanal. Você comeu o crânio. Foi você que comeu o miolo antes de deixar o resto para as tuas ajudantes. Foi você. Foi você! Foi você! — urrou o coronel Papai bonzinho.

— Não, não fui eu!

— A alma do morto veio ontem de noite me dizer que foi você. Se você não confessar eu te aplico a prova do ferro incandescente. (Incandescente significa estado de um corpo que uma temperatura elevada torna luminoso.) Eu mando passar o ferro incandescente na tua língua. É isso mesmo, é isso mesmo — replicou o coronel Papai bonzinho.

A velha, diante da acumulação de provas, ficou maku, boquiaberta. E depois ela reconheceu, ela foi desmascarada. Ela confessou. (Confessar está no meu Larousse. Significa dizer com sua própria boca que os fatos que te incriminam são verdadeiros.)

A velha que confessou se chamava Jeanne. Ela e três de suas ajudantes foram levadas sob considerável escolta para a prisão. Lá, o coronel Papai bonzinho ia desenfeitiçar elas. (Desenfeitiçar é livrar do feitiço.) Walahê (em nome de Alá)! Faforo!

O enterro do capitão Kid foi feito no dia seguinte, às quatro horas da tarde. Estava um tempo de chuva. Teve muita choradeira. O pessoal assoava o nariz e choramingava "Kid! Kid! Kid!" como se fosse a primeira vez que estivesse vendo uma desgraça. E depois as crianças-soldados fizeram uma fila e deram tiros com as kalachs. Elas só sabem fazer isso. Atirar, atirar. Faforo (bangala do meu pai)!

O coronel Papai bonzinho era o representante da Frente Patriótica Nacional, em inglês National Patriotic Front (NPFL) em Zorzor. Era o posto mais avançado ao norte da Libéria. Ele controlava para a NPFL o volumoso tráfico que vinha da Guiné. Ele recebia taxas de alfândega e vigiava as entradas e saídas da Libéria.

Walahê! O coronel Papai bonzinho era um figurão da Frente Patriótica Nacional. Um homem importante do partido de Taylor.

Quem era o bandido saqueador Taylor?

A gente ouviu falar de Taylor pela primeira vez quando ele conseguiu dar o famoso golpe de gangsterismo que arrasou o tesouro público liberiano. Depois de ter esvaziado os cofres, ele conseguiu convencer o governo liberiano, utilizando assinaturas falsas, que o governo possuía um montão de dólares nos Estados Unidos. Quando mataram a charada do negócio (significa dar explicação para um problema) e entenderam que aquilo tudo era uma bela duma maracutaia, aí perseguiram ele. Minuciosas buscas permitiram tirá-lo da tocaia, e botar a mão no cangote dele. (Botar a mão no cangote significa deter alguém). Prenderam ele.

Trancafiado, ele conseguiu corromper os carcereiros com seu dinheiro roubado. Ele fugiu para a Líbia onde se apresentou a Kadafi como chefe da oposição ao regime sanguinário e ditatorial de Samuel Doe. Kadafi, o ditador da Líbia que há muito tempo tentava desestabilizar Doe, beijou ele na boca.[2] Ele mandou eles, ele e seus partidários, para o campo de treinamento onde a Líbia fabrica terroristas. A Líbia sempre teve um campo desses desde que Kadafi está no poder nesse país. Nesse campo, Taylor e seus partidários aprenderam a técnica da guerrilha.

E isso não é tudo: ele despachou ele para Compaoré, o ditador do Burkina Fasso, com um monte de elogios como se fosse um homem recomendável. Compaoré, o ditador do Burkina, recomendou-o a Houphouët-Boigny, o ditador da Costa do Marfim, como se fosse um verdadeiro anjo, um santo. Houphouët, que tinha raiva de Doe por ele ter matado seu genro, ficou feliz por encontrar Taylor, que ele beijou na boca. Houphouët e Compaoré logo entraram num acordo em relação à ajuda que deveriam prestar ao bandido. Compaoré, em nome do Burkina Fasso, cuidava da formação dos convocados, Houphouët, em nome da Costa do Marfim, cuidava do pagamento e do encaminhamento das armas.

E eis o bandido transformado num figurão. Um famoso chefe de guerra que subjuga sistematicamente uma parte da Libéria. (Subjugar é explorar sistematicamente uma população; é impor-lhe sacrifícios onerosos.) Taylor reside em Gbarnea. De vez em quando ele monta operações assassinas

2. Gesto muito utilizado na África negra, entre homens, quando eles querem exprimir uma enorme admiração um pelo outro. (N.T.)

com soldados-crianças para tomar de assalto a Mansion House. Era lá, na Mansion House, antes de os bandidos dividirem entre eles o país, que morava o presidente da Libéria.

Comparado a Taylor, Compaoré, o ditador do Burkina, Houphouët-Boigny, o ditador da Costa do Marfim, e Kadafi, o ditador da Líbia, são pessoas de bem, aparentemente pessoas de bem. Por que eles dão tamanha ajuda a um tremendo mentiroso, a um tremendo bandido saqueador como Taylor para que Taylor se torne o chefe de um Estado? Por quê? Por quê? Das duas uma: ou eles são desonestos como Taylor, ou isto é o que se chama de grande política na África das ditaduras bárbaras e liberticidas dos pais das nações. (Liberticida, que mata a liberdade, segundo meu Larousse.)

De qualquer modo, Taylor assedia todo mundo e está presente em todo lugar. A Libéria inteira é refém do bandido, de maneira que o slogan de seus partidários "No Taylor No peace", sem Taylor não há paz, começa a ser uma realidade naquele ano de 1993. Gnamokodê! Walahê!

O coronel Papai bonzinho que é o representante de Taylor em Zorzor é, ele também, um tipo bem esquisito.

Para começar ele não teve pai ou não conheceu seu pai. A mãe dele ia de bar em bar na grande cidade de Monróvia quando deu à luz assim sem mais a um menino que ela chamou de Robert's. Um marujo quis casar com ela quando a criança tinha cinco anos, mas não quis o menino. Entregaram Robert's para uma tia que, ela também, ganhava seu pão de bar em bar. A tia deixou ele sozinho na casa brincando com camisinhas. (Camisinha é preservativo.)

Um organismo de ajuda à infância descobriu: pegou Robert's, botou ele num orfanato mantido por freiras.

Robert's foi um aluno brilhante. Ele quis ser padre, enviaram ele aos EUA. Depois dos estudos, ele voltou para a Libéria para ser ordenado. Era tarde demais, já tinha começado a guerra tribal na Libéria. Não havia mais nada, Igreja, organização, arquivos. Ele quis voltar para os EUA e esperar tranqüilo, lá, por dias melhores.

Mas vendo as crianças na rua por todo lado e na maior bagunça e lembrando da sua própria infância, ele ficou comovido. Ele mudou de idéia e quis fazer alguma coisa. De batina, ele agrupou as crianças e decidiu dar o que comer para elas. As crianças chamaram ele de Papai bonzinho. Sim, Papai bonzinho que dá o que comer às crianças da rua.

Sua ação teve uma repercussão internacional e muitas pessoas através do mundo quiseram ajudar e foi um tal de falar só dele. Isso não agradou todo mundo, menos ainda o ditador Doe que ainda mandava em Monróvia. O ditador enviou uns assassinos no encalço dele. Ele escapou por um triz e mal teve tempo de ir juntar-se a Taylor. Taylor o inimigo jurado de Samuel Doe. Taylor nomeou ele coronel e confiou a ele grandes responsabilidades. Ele recebeu o comando de uma região inteira e a responsabilidade de receber as taxas de alfândega para seu chefe Taylor em Zorzor.

A aldeia de Zorzor compreendia três bairros. O bairro do alto onde estava concentrada a administração do coronel Papai bonzinho. O bairro das cabanas dos indígenas (os indígenas, isto é, os nativos do país segundo o Harrap's) e o bairro dos refugiados. Os refugiados eram os mais tranqüilos do lugar.

Todo mundo dava a eles o que comer, o ACNUR[3], as ONGs. Mas lá só aceitavam mulheres, crianças de menos de cinco anos e velhos ou velhas. Ou seja, era idiota: eu, eu não podia ir para lá. Gnamokodê (filho-da-puta)!

O bairro do alto era uma espécie de campo entrincheirado. Um campo entrincheirado cercado por crânios humanos içados na ponta de estacas, com cinco postos de combate protegidos por sacos de areia. Cada posto era vigiado por quatro crianças-soldados. As crianças-soldados comiam do bom e do melhor. Porque se elas não comessem bem, elas poderiam dar o fora e isso poderia ser ruim para o coronel Papai bonzinho. O bairro de cima compreendia também escritórios, um arsenal, um templo, habitações e prisões.

A primeira coisa no bairro do alto era o arsenal. O arsenal era uma espécie de bunker no centro do campo entrincheirado. O coronel Papai bonzinho carregava as chaves do bunker penduradas na cintura, por baixo da batina. Ele não se separava jamais delas. Tinha coisas das quais Papai bonzinho nunca se separava: as chaves do arsenal, sua eterna kalach e o grigri de proteção contra as balas. Faforo! Era um tal de dormir, comer, rezar e transar com aquelas coisas, a kalach, as chaves do arsenal e o grigri de proteção contra as balas.

A segunda coisa no bairro do alto eram as prisões. As prisões não eram verdadeiras prisões. Eram um centro de reeducação. (No Petit Robert, reeducação significa ação de reeducar, isto é, reeducação. Walahê! De vez em quando o Petit Robert tira uma com a cara da gente.) Nesse centro, o coronel Papai bonzinho tirava de um comedor de almas sua bruxaria. Um centro para desenfeitiçar.

3. Alto Comissariado das Nações Unidas para os Refugiados. (N.T.)

Eram dois estabelecimentos distintos. Um para os homens; parecia uma verdadeira prisão com grades e guardas. A guarda da prisão dos homens como a guarda de todas as coisas sérias para o coronel Papai bonzinho era assumida por crianças-soldados, por virgens. (Virgem significa meninos virgens. Meninos que nunca transaram, que nem eu.)

Na prisão, tudo ficava misturado, prisioneiros de guerra, prisioneiros políticos e prisioneiros comuns. Tinha também uma categoria de prisioneiros que não podia entrar em nenhuma categoria: eram os maridos das mulheres que o coronel Papai bonzinho tinha resolvido amar.

O estabelecimento de desenfeitiçar as mulheres era uma pensão. Uma pensão de luxo. Só que as mulheres não tinham direito de sair de lá livremente.

As mulheres eram submetidas a exercícios de desenfeitiçamento. As sessões de desenfeitiçamento eram feitas a sós com o coronel Papai bonzinho durante horas e horas. Diziam que durante aquelas sessões Papai bonzinho ficava pelado e as mulheres também. Walahê!

A terceira coisa no bairro do alto era o templo. O templo era aberto a todas as religiões. Todos os moradores deviam, todo domingo, participar da missa pontifical. É isso aí, o coronel Papai bonzinho chamava sua missa de pontifical porque ela era feita com bengala pontifical. Depois da missa, a gente escutava o sermão do coronel Papai bonzinho.

Era um tal de falar de bruxaria, das malfeitorias da bruxaria. Era um tal de falar de traição, de todos os erros dos outros chefes de guerra: Johnson, Koroma, Robert Sikié, Samuel Doe. Era um tal de falar do martírio que sofria o povo liberiano com o ULIMO (United Liberation Movement for Democracy in Liberia), Movimento Unido de Libertação pela

Democracia na Libéria com o LPC (Liberian Peace Council), Conselho Liberiano de Paz e com a NPFL-Koroma.

Era no templo que aqueles que passavam vinham assistir à missa ecumênica. Depois da missa ecumênica, havia um sermão. O sermão era parecido com o que era dito depois da missa pontifical.

Enfim, a quarta coisa, é que tinha casas de palha e de folhas de zinco onduladas, uma dezena. Uma dezena, das quais cinco eram reservadas ao coronel Papai bonzinho. Ninguém nunca sabia onde o coronel Papai bonzinho passava a noite. Porque o coronel Papai bonzinho era um figurão da guerra tribal. Um figurão, ninguém nunca sabe onde ele dorme durante a guerra tribal. É a guerra tribal que determina isso.

As cinco outras casas serviam de caserna para as crianças-soldados.

A caserna das crianças-soldados, faforo! Elas deitavam no chão mesmo, em cima de esteiras. E comiam qualquer porcaria em qualquer lugar.

A aldeia dos nativos, dos indígenas, de Zorzor, estendia-se a um quilômetro do campo entrincheirado. Ela compreendia casas e cabanas de pau-a-pique. Os habitantes eram yacus e gyos. Yacus e gyos eram nomes de negros pretos africanos nativos daquela região do país. Os yacus e os gyos eram inimigos hereditários dos guerês e dos krahns. Guerê e krahn são nomes de outros negros pretos africanos nativos de outra região da Libéria desgraçada. Quando um krahn ou um guerê chegava em Zorzor, torturavam ele antes de matar porque isso, isso é a guerra tribal que determina. Nas guerras tribais, ninguém quer homens de outra tribo diferente na sua própria tribo.

Em Zorzor, o coronel Papai bonzinho tinha direito de vida e morte sobre todos os moradores. Ele era o chefe da cidade e da região e sobretudo o verdadeiro galo do terreiro. Faforo! Walahê (em nome de Alá)!

Nós fomos aceitos na maracutaia do coronel Papai bonzinho logo após o enterro do soldado-criança, o capitão Kid.

Eu, eu fui me juntar à caserna das crianças-soldados. Me deram um velho uniforme de pára-quedista adulto. Era grande demais para mim. Eu ficava boiando dentro. O próprio coronel Papai bonzinho, durante uma cerimônia solene, me deu uma kalach e me nomeou tenente.

A gente, os soldados-crianças, a gente recebia patentes elevadas para ficar bem vaidoso. A gente era capitão, comandante, coronel, a patente mais baixa era de tenente. Minha arma era uma velha kalach. O coronel me ensinou pessoalmente a manejar a arma. Era fácil, bastava apoiar no gatilho e ela fazia tarataratatatá... E matava, matava; os vivos caíam que nem moscas.

A mãe do bebê foi para junto das mulheres que deviam ser desenfeitiçadas. (Cada mulher que devia ser desenfeitiçada era trancada pelada, totalmente pelada, a sós com o coronel Papai bonzinho. Era a guerra tribal que determinava isso.)

O coronel Papai bonzinho ficou muito feliz de encontrar Yacuba, muito feliz por ter um grigriman, um bom grigriman muçulmano.

— Que tipo de grigris? — perguntou a ele o coronel Papai bonzinho.

— De tudo quanto é tipo — respondeu-lhe Yacuba.

— Grigris contra balas também?

— Eu sou muito bom nesse negócio de proteção contra balas. Foi por isso que vim para a Libéria. Na Libéria, onde tem guerra tribal, onde as balas que matam sem mais nem menos passeiam por todo lado.

— Impecável! Impecável! — exclamou o coronel Papai bonzinho.

E ele beijou Yacuba na boca. E depois instalou ele numa casa reservada para os figurões. Yacuba era um bem-aventurado. Ele tinha de tudo e comia por quatro.

Yacuba logo se pôs a trabalhar. Ele fabricou um depois do outro três feitiços para o coronel Papai bonzinho. Feitiços muito bons. O primeiro para a manhã, o segundo para a tarde e o terceiro para a noite. O coronel Papai bonzinho amarrou-os sob a batina na cintura. E pagou em cash. Yacuba cochichou na orelha dele — só para ele — as coisas que cada um dos grigris proibia.

Yacuba instalou-se como adivinho. Ele vaticinou. (Vaticinar é profetizar.) Na areia ele traçou sinais e desvendou o futuro do coronel Papai bonzinho. O coronel precisava sacrificar dois bois. Isso mesmo, dois enormes touros...

— Mas não tem touro em Zorzor — respondeu o coronel Papai bonzinho.

— É preciso fazer o sacrifício, é um sacrifício indispensável; está escrito no teu futuro. Mas não tem lá muita pressa, não — respondeu Yacuba.

Yacuba fabricou feitiços para todos os soldados-crianças e para todos os soldados. Os feitiços eram vendidos caro. Eu, eu consegui o grigri mais poderoso. E de graça. Os feitiços tinham que ser renovados. Nunca faltava trabalho a Yacuba. Não, nunca! Yacuba estava rico como um moro-naba. Moro-naba é o chefe abastado dos mossis do Burkina Fasso. Ele enviava dinheiro para a aldeia de Togobala, a seus parentes, aos feiticeiros e ao almamy (segundo o Inventário das particularidades, chefe religioso), de tanto que o dinheiro estava sobrando para ele.

Um dia é coisa que só dura doze horas. Era chato, uma pena, era muito pouco tempo para o coronel Papai bonzinho. Sempre tinha um resto de trabalho que ficava para o dia seguinte. Alá seria gentil se fizesse para o coronel Papai bonzinho jornadas de cinqüenta horas. Sim, cinqüenta horas inteiras. Walahê!

Era um tal de levantar com o canto do galo todas as manhãs com exceção do dia seguinte à noite em que ele tinha bebido demais do bom vinho de palmeira antes de ir para a cama. Mas é preciso dizer que o coronel nunca usava haxixe, nunca, nunca. Ele trocava de grigri e enfiava uma batina branca por cima da kalach. E depois era um tal de pegar a bengala pontifical com uma cruz na ponta, uma cruz enfeitada por um terço. E era um tal de começar a fazer a inspeção nos postos de guarda. Os postos de guarda vigiados pelos soldados-crianças no interior do campo entrincheirado e os postos de guarda vigiados pelos soldados do lado de fora.

E era um tal de entrar no templo e oficiar. (Oficiar é um palavrão, significa celebrar um ofício religioso, assim diz o meu Larousse.) Ele oficiava com os meninos do coro que eram soldados-crianças. Depois ele almoçava, mas sem bebida alcoólica. A bebida alcoólica não era muito boa para o coronel Papai bonzinho. Isso acabava completamente com o dia dele.

Depois, sempre com a batina, o coronel Papai bonzinho distribuía às mulheres dos soldados um pouco de grãos para o dia. Com uma balança. Ele discutia com as mulheres dos soldados e às vezes, com uma gargalhada, dava tapas na bunda das mulheres quando elas eram bonitas. Esse era o programa obrigatório, o programa que ele seguia sem falta, até quando ele estava de cama por causa da maleita-brava, até quando ele tinha bebido demais o bom vinho de palmeira. Só depois da distribuição de grãos às mulheres e aos cozinheiros dos soldados-crianças é que o programa podia mudar de acordo com o dia.

Se tinha julgamento, se tinha processo, ele ficava no templo até o meio-dia. O templo servia de palácio da justiça porque os acusados juravam por Deus e pelos feitiços. As provas eram feitas por meio de ordálio. (Ordálio é um palavrão, significa prova judiciária bárbara, medieval, para estabelecer a inocência ou culpa do acusado.) O julgamento ocorria uma vez por semana. Geralmente no sábado.

Quando não tinha julgamento, logo depois da distribuição de grãos, o coronel Papai bonzinho dava um pulo na enfermaria. O doutor, depois dos curativos, agrupava os enfermos, os aleijados e estropiados de todo tipo numa sala comum. O coronel Papai bonzinho fazia sua pregação com força; não era raro ver um doente jogar fora seu cajado e exclamar "estou curado" e sair andando normalmente. Walahê! O coronel Papai bonzinho era um profeta danado de forte e competente.

Depois da enfermaria, o coronel Papai bonzinho comandava a instrução militar dos soldados-crianças e dos soldados também. A instrução militar era a mesma coisa que a instrução religiosa e a instrução cívica, que por sua vez era o mesmo que os sermões. Se você amasse de verdade o Bom Deus e Jesus Cristo, as balas não te atingiriam e matariam os outros, porque é só Deus que mata os malvados, os idiotas, os pecadores e os desgraçados.

Tudo isso para um único homem, era o coronel Papai bonzinho que fazia tudo isso sozinho. Walahê (em nome de Alá)! Era demais.

Sem contar os ônibus que as emboscadas traziam de vez em quando. O coronel Papai bonzinho às vezes pesava pessoalmente as bagagens, discutia com firmeza com os passageiros e embolsava diretamente as taxas de alfândega botando tudo no bolso da batina.

Sem contar as sessões de desenfeitiçamento. Sem contar os conciliábulos... sem contar... sem contar os inúmeros documentos que o coronel Papai bonzinho tinha que assinar como responsável supremo da NPFL em todo o leste da República da Libéria.

Sem contar os espiões de todo tipo.

O coronel Papai bonzinho merecia uma jornada de cinqüenta horas! Faforo! Uma jornada inteirinha de cinqüenta horas.

Isso mesmo, o coronel Papai bonzinho merecia encher a cara algumas noites em meio a todas as noites podres daquela vida de cão de Zorzor. Mas ele não fumava haxixe. O haxixe, ele guardava para os soldados-crianças, isso deixava eles tão fortes que nem soldados de verdade. Walahê!

Quando eu cheguei, me ensinaram quem eu era. Eu era um mandinga, muçulmano, um amigo dos yacus e dos gyos. No pidgin dos americanos pretos, malinquê e mandinga é a mesma coisa, é igual, dá no mesmo. Eu era bom, eu era um guerê, eu não era um krahn. Os guerês e os krahns, o coronel Papai bonzinho não gostava muito deles. E matava eles a facada.

Por causa de Yacuba eu era muito mimado, muito bem tratado. Eu fui nomeado capitão, escolhido pelo coronel Papai bonzinho para substituir o coitado do Kid. Porque eu era o filhote, o moleque do fabricante de feitiços e portanto devia supostamente receber a melhor proteção.

O coronel me nomeou capitão e eu fui encarregado de ficar no meio da estrada na saída de uma curva para pedir aos caminhões que parassem. Eu era o menino das emboscadas. Por isso eu comia bem. E às vezes me davam haxixe de presente. A primeira vez que eu fumei haxixe, vomitei que nem um cachorro doente. Depois eu fui me acostumando e, muito depressa, o haxixe me deu a força de um adulto. Faforo (bangala do meu pai)!

Eu tinha como amigo um menino-soldado, um small-soldier chamado comandante Jean Taí ou Cabeça Queimada. Cabeça Queimada tinha fugido do ULIMO (Movimento Unido de Libertação) armado. Porque ele chegou com as armas, nomearam ele comandante. Lá no ULIMO, ele tinha se passado por krahn, quando na verdade era yacu puro sangue. Ele tinha sido bem acolhido pelo pessoal da NPFL e pelo coronel Papai bonzinho porque tinha vindo com uma kalach tomada do ULIMO e porque não era um krahn.

O comandante Cabeça Queimada era um cara legal. Cara mais legal que ele não podia existir. Walahê! Ele mentia mais do que respirava. Era um fabulador. (Fabulador é um palavrão, significa que conta histórias inventadas de cabo a rabo. No meu Larousse.) O comandante Cabeça Queimada era um fabulador. Ele tinha feito de tudo, tudo mesmo. E tinha visto de tudo. Ele tinha visto minha tia, tinha conversado com ela. Isso me fez um bem danado. Era preciso ir lá para o ULIMO o mais depressa possível.

O pequeno fabulador contava um monte de coisas sobre o ULIMO. Ele contou um monte de coisas boas sobre o ULIMO. Isso deu vontade em todo mundo de ir embora para lá. Com o pessoal do ULIMO, era legal demais, a gente vivia tranqüilo com eles. Cada um comia por cinco e sempre sobrava o que comer. A gente dormia o dia inteiro e no fim do mês ainda recebia um salário. Isso mesmo, ele sabia muito bem o que estava dizendo, um salário! Um salário que caía inteirinho a cada fim de mês e às vezes até antes do fim. Porque o ULIMO tinha muitos dólares americanos. Tinha muitos dólares porque explorava muitas minas. (Explorar é tirar proveito de uma coisa, segundo meu Larousse.) O ULIMO explorava as minas de ouro, de diamantes e de outros metais preciosos. Os soldados tomavam conta dos operários que trabalhavam nas minas e os soldados podiam, eles também, defender seu pão de cada dia e conseguir ganhar dólares americanos como todo mundo. Para os soldados-crianças era ainda melhor. Tinha cama, uniformes de pára-quedistas novinhos, kalachs novinhas. Walahê!

O comandante Cabeça Queimada lamentava ter ido embora do ULIMO. Ele tinha vindo para junto da gente na NPFL porque era um yacu cem por cento, mas lá, com os outros, ele tinha se apresentado como um krahn. Porque ele tinha ficado sabendo que o pai e a mãe dele tinham se refugiado em Zorzor. Ele não tinha conseguido encontrá-los. Era mentira. Ele estava esperando a primeira ocasião para voltar para o ULIMO. É sim, no ULIMO era legal... Era tranqüilo.

O coronel Papai bonzinho ficou sabendo das lorotas que contava Cabeça Queimada. (Contar lorota é contar histórias com falsidade e fanfarrice. Petit Robert.) O coronel Papai bonzinho ficou sabendo das enormes mentiras do comandante Cabeça Queimada. Ele ficou bravo, chamou Cabeça

Queimada e deu uma tremenda bronca nele. Ameaçou mandar ele para a prisão se continuasse a falar bem do ULIMO, a falar do ULIMO como se fosse um paraíso terrestre.

Não adiantou nada. Cabeça Queimada continuou a envenenar em volta dele, de mansinho. (Envenenar é um palavrão: é deformar o sentido, dar mau sentido, desfigurar, segundo meu Larousse.)

Tinha uma pensão de meninas que o coronel Papai bonzinho em sua grande bondade tinha mandado construir. Era para as meninas que tinham perdido os pais durante a guerra. Meninas de menos de sete anos. Meninas pequenas que não tinham o que comer e que ainda não tinham os peitinhos suficientemente grandes para arranjar um marido ou para ser soldados-crianças. Era uma obra de grande caridade para as meninas de menos de sete anos. A pensão era mantida por religiosas que ensinavam a escrita, a leitura e a religião para as pensionistas.

As religiosas usavam umas touquinhas na cabeça para enganar todo mundo; mas as danadas transavam que nem tudo que é mulher, elas transavam com o coronel Papai bonzinho. Porque o coronel Papai bonzinho era o galo que mandava no galinheiro e porque isso era assim na vida do dia-a-dia.

Uma manhã, então, na beira da pista que ia dar no rio, uma das meninas foi encontrada violentada e assassinada. Uma menina de sete anos, violentada e assassinada. O espetáculo era tão lastimoso que o coronel Papai bonzinho chorou feito bebê. (Lastimoso significa o que provoca grandes lástimas e lamentos. Meu Larousse.) Mas era preciso ver um uya-uya que nem o coronel Papai bonzinho chorar que nem um bebê. Aquilo também era um espetáculo que valia a pena ver. (Uya-uya é um desregrado, um vadio, segundo o Inventário.)

O velório foi organizado e comandado pelo coronel Papai bonzinho em pessoa, vestido com a batina, os galões, os grigris por baixo, a kalach e a bengala pontifical. O coronel Papai bonzinho dançou muito e bebeu moderadamente. Porque o álcool não faz muito bem ao coronel Papai bonzinho. Na saída da dança, ele se virou três vezes para olhar quatro vezes para o céu e andou em linha reta. Diante dele tinha um soldado, ele o pegou pela mão e o soldado se levantou; ele o puxou para o meio da roda. O soldado chamava Zemoko. Zemoko não era inocente; ele era um dos responsáveis pelo falecimento da menina, ou pelo menos sabia quem era o responsável. O coronel Papai bonzinho começou de novo a mesma manobra e depois andou para frente e designou um segundo soldado. Este se chamava Wuruda. Wuruda era um dos responsáveis pelo falecimento da menina ou sabia quem era o responsável. Pela terceira vez ele recomeçou a mesma manobra, andou em linha reta e fez sair do círculo o comandante Cabeça Queimada. Cabeça Queimada era um dos responsáveis pelo falecimento ou sabia quem era o responsável. Era Cabeça Queimada com aqueles outros dois que estavam implicados no falecimento. Eles foram presos ali mesmo apesar de protestarem inocência. (Protestar inocência significa comprometer-se ou afirmar solene e publicamente, jurar, segundo meu Larousse.)

No dia seguinte, o tribunal se reuniu para julgar os assassinos da menina.

O coronel Papai bonzinho estava lá com sua batina cheia de galões. Ao alcance da mão ele tinha a Bíblia e o Corão. E ele comandava tudo, tudo mesmo. O público estava sentado na nave como para uma missa. Uma missa ecumênica. Ainda que não fosse uma missa, a cerimônia começou com uma oração. O coronel Papai bonzinho pediu aos três acusados que jurassem pelos livros sagrados. Os acusados juraram.

O coronel Papai bonzinho perguntou:

— Zemoko, foi você que matou Fati?

— Juro pela Bíblia que não fui eu, não fui eu.

— Wuruda, foi você que matou Fati?

Wuruda respondeu que não tinha sido ele.

A mesma pergunta foi feita a Cabeça Queimada, que deu a mesma resposta negativa.

Então eles passaram o ordálio. Uma faca foi colocada num fogareiro cheio de carvões ardentes. A lâmina da faca tornou-se incandescente. Os acusados abriram a boca, puseram a língua para fora. O coronel Papai bonzinho esfregou a lâmina incandescente na língua de Zemoko. Zemoko fechou a boca e voltou para seu lugar na nave sem resmungar. Sob os aplausos do público. Chegou a vez de Wuruda. Wuruda, sob os aplausos, fechou a boca sem manifestar o menor incômodo. Mas quando a lâmina do coronel Papai bonzinho dirigiu-se para Cabeça Queimada, o comandante Cabeça Queimada recuou e saiu da igreja correndo. Um "oh" de surpresa difundiu-se em meio aos presentes. (Segundo o meu Larousse, difundir-se significa propagar-se, irradiar-se.) O comandante Cabeça Queimada logo foi pego e dominado.

Era ele o responsável, era ele que tinha matado a pobre Fati. Cabeça Queimada admitiu os fatos, ele tinha sido possuído, guiado pelo diabo.

Ele foi condenado a sessões de desenfeitiçamento. Sessões de desenfeitiçamento por duas invernadas. Se o diabo fosse forte demais, se não fosse possível tirar o diabo do couro dele, ele seria executado. Publicamente executado. Com uma kalach. Do contrário, ele seria perdoado pelo coronel Papai bonzinho. Porque o coronel Papai bonzinho com sua bengala pontifical era a bondade em pessoa. Mas... mas ele perderia seu estatuto de soldado-criança. Porque um soldado-criança que violou e assassinou não é mais virgem. E quando não se é mais virgem não se é mais soldado-criança do coronel Papai bonzinho. É isso aí, é assim, e não tem conversa. A gente vira um soldado. Um soldado de verdade, um soldado grande.

Os soldados não ganham comida, nem casa para morar, nem salário nenhum. Ser um soldado-criança, Walahê!, tinha suas vantagens. Era um privilégio. Se Cabeça Queimada escapasse da execução, ele não poderia mais continuar sendo um soldado-criança porque ele não era mais virgem. Gnamokodê (puta-que-pariu)!

Faforo (bangala do pai)! A gente estava agora, no momento, longe de Zorzor, longe da fortaleza do coronel Papai bonzinho. O sol tinha trepado no céu que nem um gafanhoto e continuava a subir doni-doni. (Doni-doni significa pouco a pouco segundo o Inventário das particularidades lexicais do francês na África negra.) A gente tinha que tomar cuidado. Andar devagarinho. Poucos metros, na floresta. Esquivando-se dos soldados da NPFL. (Esquivar-se significa evitar cuidadosamente.) Os soldados poderiam nos perseguir. A gente tinha aproveitado o clarão da lua para ir longe, para avançar depressa, para fugir.

Foi ontem de noite mais ou menos à meia-noite que a gente pôs o pé na estrada para ir embora de Zorzor. Foi por volta das onze horas que o coronel Papai bonzinho foi assassinado, foi abatido. Ele morreu. Ele entregou a alma, apesar dos feitiços. Para dizer a verdade, fiquei com um pouco de dó de ver o coronel Papai bonzinho morto. Eu achava que ele era imortal. Porque o coronel Papai bonzinho era bom para mim. E para todo mundo. E o coronel era um fenômeno da natureza. (Fenômeno é uma coisa ou um ser extraordinário.)

A morte dele deu o sinal, soou o gongo da libertação de todos os prisioneiros. Os prisioneiros do desenfeitiçamento, os prisioneiros do amor. O sinal de ir embora para todos aqueles que queriam partir. Os soldados e todos os soldados-crianças. Muitos soldados-crianças não tinham encontrado seus pais na NPFL e pensavam que iam encontrá-los junto com os ULIMO (o Movimento Unido de Libertação). E depois, lá com os ULIMO, a gente podia comer bem. No ULIMO, a gente comia arroz com banha e molho de semente de palmeira. E lá a gente recebia salário. E ele caía direitinho na mão da gente, que nem manga caindo da mangueira no mês de abril. Faforo (caralho do meu pai)!

Não foi fácil. Nós tivemos que combater contra os uya-uya que tinham permanecido fiéis à NPFL. Todos os maricas que achavam que era melhor com o coronel Papai bonzinho. Nós acabamos levando a melhor. Aí então a gente saqueou tudo, quebrou e botou fogo em tudo. E logo depois pusemos o pé na estrada. Dare-dare, rápido rápido.

Todo mundo estava carregado com o produto dos saques. Alguns chegavam a ter até duas ou três kalachs. As kalachnikovs serviam como prova da ruptura com a NPFL, que a gente ia apresentar ao pessoal do ULIMO. (Prova de ruptura significa que a gente tinha se separado mesmo da NPFL.) A prova que a gente queria apresentar definitivamente aos caras do ULIMO. A gente tinha saqueado tudo antes de pôr fogo.

Desde que o coronel Papai bonzinho foi abatido, os soldados gritam no meio da noite: "O coronel Papai bonzinho morreu... Papai bonzinho morreu. Mataram o coronel... Mataram ele!" Foi um alvoroço do capeta. (Alvoroço significa grande agitação, grande desordem antes de uma ação.) Os soldados começaram a saquear a aldeia. Eles levaram o dinheiro; eles levaram as batinas; eles levaram tudo que era grão para se comer; eles levaram principalmente todo o estoque de haxixe... eles levaram tudo mesmo, antes de os soldados que tinham permanecido fiéis começarem a atirar.

Walahê! Vamos começar pelo começo.

Um dia, desembrulhando as bagagens de um passageiro, o coronel Papai bonzinho deu de cara com diversas garrafas de whisky, da marca Johnny Walker, da caixa vermelha, todas cheinhas. E em vez de fazer o dono pagar um montão de taxas de alfândega, o coronel Papai bonzinho pegou três garrafas para si. O álcool não fazia bem ao coronel Papai bonzinho. Ele sabia e só se entregava à bebedeira de vez em quando, algumas noites, quando estava muito, muito cansado e com a cabeça quente demais. Ele bebia depois de ir para a cama e no dia seguinte de manhã acordava um pouco escangalhado, um pouco tarde demais. Mas não era nada grave. Porque o coronel nunca fumava haxixe: isso ele deixava só para os soldados-crianças; o troço fazia bem para eles, deixava eles tão fortes que nem soldados. Naquela noite (na noite em que pegou as garrafas de whisky), o coronel Papai bonzinho estava cansado demais e não esperou a hora de ir para cama e começou a beber o whisky, beber demais. O álcool deixava o coronel Papai bonzinho doido.

Sob o domínio do álcool, o coronel Papai bonzinho foi até a prisão. (Domínio significa efeito.) Sob o domínio do álcool, ele foi sozinho, ele e Deus, até a prisão onde ele só ia de dia e acompanhado por dois soldados-crianças armados até os dentes.

Na prisão, sozinho na noite, ele riu até estourar com os prisioneiros, discutiu com os prisioneiros e brincou muito com Cabeça Queimada.

Num dado momento, a brincadeira e a discussão azedaram. (Azedar significa tornar-se difícil, tenso.) O coronel Papai bonzinho urrou como só ele era capaz de fazer, como um bicho do mato. O coronel Papai bonzinho cambaleava como um maluco e gritou diversas vezes: "Eu vou matar vocês todos. Eu vou matar vocês todos..." e ele riu com escárnio que nem uma hiena no meio da noite. "É isso mesmo... é isso mesmo... eu vou matar vocês todos." Ele tirou a kalach de debaixo da batina e disparou duas rajadas para cima. O primeiro movimento dos prisioneiros foi de fugir, e eles foram se encolher nos cantos. Continuando em pé, e cambaleando sem parar, ele disparou mais duas rajadas. E depois ele ficou quieto por um momento, cochilando. Um prisioneiro, na penumbra, contornou devagarinho o coronel Papai bonzinho e, por trás dele, jogou-se em suas pernas e derrubou-o. A kalach escapou das mãos dele e foi cair longe, bem longe dele. Cabeça Queimada agarrou a arma e, como ele é completamente maluco, atirou no coronel Papai bonzinho, que continuava deitado no chão. Ele esvaziou o carregador da arma.

Faforo! As balas atravessaram o coronel Papai bonzinho apesar dos feitiços de Yacuba. Yacuba explicou: o coronel tinha transgredido as proibições que iam junto com os feitiços. Primeiro, não se transa com um grigri no corpo. Segundo, depois de ter transado, é preciso se lavar muito bem antes de pendurar de novo os grigris. Ao passo que o coronel Papai bonzinho, quando transava, era na maior confusão e de qualquer jeito, sem ter tempo de se lavar. E depois tinha outra razão. O coronel não tinha sacrificado os dois bois como estava escrito no destino dele. Se ele tivesse sacrificado aqueles dois bois, ele jamais teria se aventurado daquele jeito na prisão. O sacrifício dos dois bois teria impedido aquelas circunstâncias. Faforo! (Circunstância significa um dos fatos particulares a um dado acontecimento.)

Desde que o coronel Papai bonzinho morreu, mal ele morreu, um prisioneiro virou o corpo do coronel Papai bonzinho e apoderou-se da chave do arsenal. O coronel Papai bonzinho não se separava nunca da chave do arsenal. Para os prisioneiros e os soldados que queriam ir se juntar ao ULIMO, aquilo era o sinal da libertação. Mas outros não queriam ir embora, eles continuavam fiéis à NPFL e ao coronel Papai bonzinho. Um combate iniciou-se entre as duas facções. Os que queriam ir embora puderam dar no pé.

Nós, Yacuba e eu, a gente queria ir para o ULIMO porque era na zona do ULIMO que ficava Niangbo, e era em Niangbo que residia minha tia. A tia pôde entrar em contato com Yacuba para dizer que ela estava lá e o comandante Cabeça Queimada tinha até visto minha tia lá praqueles lados. É verdade que o comandante Cabeça Queimada era um contador de histórias, e que não se pode confiar nas palavras de um contador de histórias.

Nós seguimos Cabeça Queimada, ele é que conhecia o posto mais próximo do ULIMO. Nós éramos trinta e sete, dezesseis crianças-soldados, vinte soldados e Yacuba. Nós estávamos carregados de armas e munições. Muito pouca comida. Cabeça Queimada tinha feito a gente acreditar que o ULIMO ficava pertinho, logo na primeira curva. Não era verdade. O menino era um contador de lorotas. Era preciso pelo menos uns dois ou três dias para chegar ao posto mais próximo do ULIMO. E os outros estavam lá, vindo em nosso encalço. (Estar no encalço de alguém é segui-lo de perto, persegui-lo.) Felizmente, havia vários caminhos para ir até o ULIMO, e não dava para os outros saberem que caminho a gente tinha pego no início. A gente era de etnias diferentes e sabia que no ULIMO só se podia ser krahn ou guerê. Só os krahns e os guerês eram aceitos pelo ULIMO. Cada um adotou um nome krahn. Eu, eu nem precisava mudar, eu era malinquê, mandingo, como a gente diz na língua americana preta da Libéria. Os malinquês e os mandingos são bem recebidos em qualquer lugar porque eles são uns tremendos de uns espertos. Eles estão em todos os campos, eles dançam conforme a música.

O caminho era comprido e nós tínhamos muitas munições e armas demais, não podíamos levar tudo. Abandonamos algumas kalachs e um pouco das munições.

Por causa do haxixe, a gente sentia ainda mais fome. O haxixe não corta a fome. A gente tinha começado a comer frutas, depois foi a vez das raízes, depois as folhas. Apesar disso, Yacuba disse que Alá, em sua imensa bondade, nunca deixa vazia uma boca por ele criada.

Havia entre os soldados-crianças uma menina-soldado, o nome dela era Sara. Sara era única e bela como quatro mulheres juntas e fumava haxixe e mascava maconha por dez. Ela namorava às escondidas Cabeça Queimada, lá em Zorzor, há muito tempo. E era por isso que ela estava com a gente. Desde a saída de Zorzor, eles (ela e Cabeça Queimada) não cansavam de parar no caminho para se beijar. E a cada parada ela aproveitava para fumar haxixe e mascar maconha. A gente tinha haxixe e maconha em profusão. (Em profusão significa em grande quantidade.) Em profusão, porque a gente tinha esvaziado o estoque de Papai bonzinho. E ela fumava e mascava maconha incessantemente. (Incessantemente significa sem parar, segundo o meu Larousse.) Sara tinha ficado completamente maluca. Ela esfregava a mão no gnussu-gnussu sem parar, na frente de todo mundo. E pedia diante de todo mundo que Cabeça Queimada viesse transar com ela publicamente. E Cabeça Queimada recusava, de tanto que a gente estava com pressa e com fome. Ela quis descansar, encostar num tronco para descansar. Cabeça Queimada gostava muito de Sara. Ele não podia abandonar ela assim sem mais nem menos. Mas a gente estava sendo seguido. A gente não podia esperar. Cabeça Queimada quis levantar Sara e obrigar ela a seguir a gente. Ela descarregou sua arma em cima de Cabeça Queimada. Felizmente ela estava maluca e não enxergava mais nada. As balas se perderam no ar. Cabeça Queimada, num momento de raiva, replicou. Ele mandou para cima dela uma rajada nas pernas e a desarmou. Ela urrou que nem um bezerro desmamado, que nem um porco na hora de morrer. E Cabeça Queimada ficou muito infeliz, infeliz demais.

A gente tinha que deixar ela sozinha lá, abandonada à sua triste sorte. E Cabeça Queimada não conseguia tomar uma decisão dessas. Ela gritava o nome da mãe dela, o nome de Deus e o mundo. Cabeça Queimada chegou perto dela, deu-lhe um beijo e começou a chorar. Nós deixamos os dois se beijando, se agarrando, chorando, e continuamos o pé na estrada. A gente não tinha ido muito longe, quando chegou Cabeça Queimada, sozinho e em lágrimas. Ele tinha deixado Sara sozinha do lado do tronco, sozinha no meio do sangue dela, com suas feridas.

A perua (mulher ou moça desagradável, malvada) não podia mais andar. As guaju-guajus e os urubus iam fazer um verdadeiro festim. (Festim significa refeição suntuosa.)

Segundo o meu Larousse, oração fúnebre é o discurso em honra de um personagem célebre falecido. A criança-soldado é o personagem mais célebre deste final de século. Quando um soldado-criança morre, deve-se dizer em sua honra a oração fúnebre, isto é, como é que ele pôde tornar-se uma criança-soldado neste mundo vasto e desgraçado. Eu faço isso quando quero, não sou obrigado. Eu faço isso para Sara porque tenho vontade e acho bom, tenho tempo e é divertido.

O pai de Sara chamava Buakê; ele era marujo. Ele viajava, viajava, só fazia isso e a gente até se pergunta como é que ele pôde ter tido tempo de fabricar Sara no ventre da mãe dela. A mãe dela vendia peixe podre no mercadão de Monróvia e, de vez em quando, cuidava da filha. Sara tinha cinco anos quando a mãe dela foi atropelada e morta por um motorista bêbado. O pai dela, sem saber o que fazer da menina, confiou-a a uma prima da aldeia que mandou ela para a casa de Madame Kokui. Madame Kokui era comerciante e mãe de cinco crianças. Ela fez de Sara uma empregadinha e uma vendedora de bananas. Toda manhã, depois de lavar a louça e toda a roupa, ela ia vender bananas nas ruas de Monróvia e voltava para casa às seis horas em ponto para fazer comida e lavar o bebê. Madame Kokui era severa e muito minuciosa em relação às contas, e estrita em relação à hora da volta. (Minuciosa e estrita significam exigente.)

Uma manhã, um menino de rua roubou um cacho de bananas e fugiu correndo. Sara correu atrás do malandro sem conseguir pegá-lo. Quando chegou em casa e contou o que tinha acontecido, Madame Kokui não ficou nem um pouco contente, mas nem um pouco mesmo. Ela começou a gritar e acusou Sara de ter vendido as bananas para comprar guloseimas com o dinheiro. Por mais que Sara dissesse que tinha sido o malandro, Madame Kokui não se acalmou e não quis saber de conversa. Ela bateu nela com chicote, trancou a menina num quarto e não a deixou jantar. Ela ameaçou: "Da próxima vez, eu vou te bater mais ainda e vou te trancar durante um mês, sem comida."

A próxima vez aconteceu no dia seguinte. Sara, como todas as manhãs, saiu com seu carregamento de bananas. O mesmo malandrinho veio com um bando de amigos, roubou um cacho de bananas e fugiu. Sara saiu correndo atrás deles. Isso era exatamente o que estavam esperando os malandros amigos dele. Depois de Sara se distanciar, eles surrupiaram o resto das bananas. (Surrupiar significa roubar, apoderar-se, apropriar-se, segundo o meu Larousse.)

Sara ficou infeliz. Ela chorou durante o dia inteiro, mas quando viu que logo seria hora de ir lavar o bebê, ela tomou a decisão de pedir esmolas. Pedir esmolas para juntar o dinheiro que desse o tanto que esperava Madame Kokui. Mas infelizmente os motoristas não foram muito generosos com ela e ela não conseguiu o suficiente para apresentar as contas a Madame Kokui. De noite, ela conseguiu um lugar no meio dos pacotes de mercadorias de uma varanda da loja de Farah.

No dia seguinte, ela começou a pedir esmolas de novo e foi só um dia depois que ela conseguiu juntar o dinheiro de Madame Kokui. Era tarde demais, ela já tinha passado duas noites fora de casa, Madame Kokui ia matar Sara, com certeza ela ia matá-la. Ela continuou a pedir esmolas e já estava começando a se acostumar com a situação, a achar que aquilo era melhor do que morar com Madame Kokui. Sara tinha arrumado até um lugar para fazer sua toalete, outro para esconder suas economias, e o lugar de dormir continuava sendo a varanda da loja de Farah, no meio dos pacotes de mercadorias.

Quem reparou nesse lugar foi um senhor que um dia veio falar com ela. Ele se apresentou, gentil e compadecido. (Compadecido, isto é, mostrando compartilhar dos males de Sara.) Ele ofereceu a ela balas e outras guloseimas. Sara seguiu-o de boa-fé até o mercadão central, num lugar em que não morava ninguém. Lá, ele declarou a Sara que ia transar com ela devagarinho sem machucá-la. Sara ficou com medo, pôs-se a correr e a gritar. O senhor, mais rápido e mais forte, pegou Sara, derrubou-a, dominou-a no chão e a violentou. Ele foi tão bruto que Sara ficou caída que nem morta.

Levaram Sara para o hospital, onde ela voltou a si, e onde perguntaram a ela quem eram seus pais. Ela falou do pai dela, mas não disse nada de Madame Kokui. Procuraram o pai dela, mas não encontraram. Ele estava viajando; sempre viajando. Enviaram Sara para as freiras num orfanato da periferia oeste de Monróvia. Ela estava lá quando estourou a guerra tribal da Libéria. Cinco freiras deste orfanato foram massacradas, as outras puderam dar no pé dare-dare sem nem olhar para trás. Sara e quatro colegas de orfanato começaram a se prostituir para não morrer de fome, antes de virarem soldados-crianças.

Essa é a Sara que a gente deixou entregue às guaju-guajus e aos urubus. (As guaju-guajus, de acordo com o dicionário, são as formigas-correição, formigas pretas, carnívoras, muito, mas muito vorazes.) Elas iam fazer um verdadeiro festim suntuoso. Gnamokodê (puta-que-pariu)!

Todas as aldeias que nós tivemos que atravessar estavam abandonadas, completamente abandonadas. É assim nas guerras tribais: as pessoas abandonam as aldeias em que vivem os homens, para irem se refugiar na floresta, onde vivem os bichos selvagens. Os bichos selvagens, ah... estes vivem melhor que os homens. Faforo!

Na entrada de uma aldeia abandonada, nós reparamos em dois caras que deram no pé imediatamente como larápios, e desapareceram. A gente conseguiu pegar os dois imediatamente, que nem caça. Porque é a guerra tribal que determina isso. Quando a gente vê alguém e ele foge, isso significa que é alguém que te quer algum mal. Então é preciso agarrar ele. A gente começou a perseguir os dois dando tiros. Eles tinham desaparecido na floresta. A gente atirou muito e durante muito tempo. Aquilo fez uma tremenda barulheira, parecia até que as guerras samorianas estavam de volta. (Samory era um chefe malinquê que se opôs às conquistas francesas durante a invasão dos franceses, e os *sofas* dele — os soldados — atiravam que nem malucos.) Walahê (em nome de Alá)!

Havia entre os soldados-crianças um garoto que não tinha igual e que todo mundo chamava de capitão Kik, o sabido. Capitão Kik o sabido era uma peça rara. Enquanto a gente estava esperando na beira da estrada, capitão Kik o sabido enfiou-se rapidamente na floresta, virou à esquerda e quis ir barrar o caminho da aldeia para os fugitivos não passarem. Era uma esperteza só. Mas bruscamente, a gente ouviu uma explosão, seguida de um grito de Kik. Corremos para lá.

Kik voou pelos ares numa mina. O espetáculo era lastimável. Kik berrava que nem um bezerro desmamado, que nem um porco na hora de morrer. Ele chamava a mãe dele, o pai, e Deus e o mundo. Sua perna direita estava escangalhada. Presa por um fio. Era duro de ver. Ele suava em bica e choramingava: "Eu vou morrer! Eu vou morrer que nem uma mosca!" Não era nem um pouco bonito ver um garoto daqueles entregando a alma daquele jeito. A gente fabricou uma maca improvisada.

Kik foi transportado na maca improvisada até a aldeia. Havia também entre os soldados um ex-enfermeiro. O enfermeiro pensou que era preciso amputar Kik imediatamente. Na aldeia a gente deitou ele numa cabana. Três marmanjos não deram conta de segurar Kik. Ele urrava, se debatia, gritava o nome da mãe e, apesar de tudo, cortaram a perna dele na altura do joelho. Jogaram a perna para um cachorro que estava passando por lá. Depois encostaram Kik numa parede da cabana.

E a gente começou a vasculhar as cabanas da aldeia. Uma a uma. Sem deixar passar nada. Os habitantes tinham fugido ao ouvirem as rajadas prolongadas do nosso tiroteio. A gente estava com fome e precisava comer. A gente encontrou uns frangos. A gente perseguiu e pegou eles, depois torceu os pescoços deles e assou a carne na brasa. Tinha uns cabritos andando de lá para cá. A gente abateu eles e assou também. A gente passava a mão em tudo que era bom embolsar. Alá nunca deixa vazia uma boca por ele criada.

A gente estava vasculhando em tudo que era canto e recanto. A gente pensava que não tinha ninguém lá, absolutamente ninguém, mas para nossa surpresa a gente descobriu escondidas nuns galhos duas crianças bonitinhas que a mãe não tinha tido tempo de carregar na fuga desvairada. (Violenta e extrema, segundo o meu Larousse.) Largadas lá, as crianças tinham se escondido embaixo de uns galhos, num cercado.

Havia entre os soldados-crianças uma filha única, chamada Fati. Fati era que nem todas as meninas-soldados, malvada, malvada que só ela. Fati, como todas as meninas-soldados, abusava do haxixe e ficava viajando o tempo todo. Fati tirou as duas crianças do buraco delas. Ela pediu a elas que mostrassem onde os habitantes da aldeia escondiam a comida. As crianças não entendiam nada, nada mesmo. Elas eram pequenas demais. Elas deviam ter seis anos: eram gêmeas. E estavam com medo. Elas não entendiam nada de nada. Fati quis botar medo nelas. Ela quis atirar para cima, mas como estava viajando com o haxixe, ela metralhou as duas com a kalachnikov. Uma morreu, a outra ficou ferida. Arrancaram a arma dela. Fati caiu no choro. Não se pode fazer mal a gêmeos, a gêmeos tão novinhos. Os gnamas dos gêmeos, principalmente de gêmeos muito novinhos, são terríveis. Esses gnamas não perdoam nunca. (Os gnamas são almas, são as sombras vingativas dos mortos.) Aquilo era uma desgraça, uma verdadeira desgraça. E Fati agora ia ser perseguida pelos gnamas dos pequenos gêmeos naquela Libéria de perdição da guerra tribal. Ela estava perdida; ela ia morrer de morte ruim.

Yacuba disse a Fati que os grigris não a protegeriam mais por causa dos gnamas dos pequenos gêmeos.

Fati chorou, chorou lágrimas quentes, chorou que nem uma criança mimada; ela queria a todo custo grigris que funcionassem. Apesar de seu choro, Fati estava perdida; ela não tinha mais grigri, e pronto.

Depois da besteira do assassinato das duas crianças inocentes, a gente não podia mais ficar na aldeia. A gente tinha que ir embora depressa, ir embora gnona-gnona. (O que significa, segundo o Inventário, dare-dare, depressa-depressa.) A gente encostou Kik na parede de uma cabana e pusemos o pé na estrada bem depressa.

Nós deixamos Kik para os humanos da aldeia, ao passo que Sara tinha sido entregue aos animais selvagens, aos insetos. Qual dos dois teria melhor sorte? Com certeza não era Kik. Isso tudo é a guerra tribal que determina. Os animais tratam melhor os feridos do que os homens.

Bom! Como Kik tinha que morrer, como ele já estava morto, era preciso fazer sua oração fúnebre. Eu aceito recitá-la porque Kik era um menino simpático e porque o percurso dele foi muito longo. (Percurso é o trajeto seguido por alguém em toda a sua vida, segundo o meu Larousse.)

Na aldeia de Kik, a guerra tribal chegou por volta das dez horas da manhã. As crianças estavam na escola e os pais em casa. Kik estava na escola e os pais dele em casa. Desde as primeiras rajadas, as crianças fugiram para a floresta. Kik fugiu para a floresta. E, enquanto durou o barulho na aldeia, as crianças ficaram na floresta. Foi apenas no dia seguinte de manhã, quando não se ouvia mais barulho, que as crianças se aventuraram a voltar para suas concessões familiares. Kik voltou para a concessão familiar e encontrou o pai dele degolado, o irmão degolado, a mãe e a irmã violentadas, com as cabeças esmagadas. Todos os parentes próximos e distantes mortos. E quando a gente não tem mais ninguém nessa terra, nem pai nem mãe nem irmã, e que a gente é pequeno, um garotinho bonitinho num país desgraçado e bárbaro onde todo mundo é degolado, o que é que a gente faz?

É claro, a gente vira uma criança-soldado, um child-soldier para comer e para degolar também, por sua vez; só resta isso a fazer.

Passo a passo (passo a passo significa, segundo o Petit Robert, indo progressivamente de uma idéia, de certas palavras, de um ato a outro), Kik tornou-se um soldado-criança. O soldado-criança era espertinho. O small-soldier espertinho tomou um atalho. Tomando o atalho, ele pisou numa mina. Nós transportamos ele numa maca improvisada. Nós encostamos ele em uma parede. Lá a gente o abandonou. A gente o abandonou morrendo numa tarde, numa aldeia perdida, entregue à vindita dos aldeões. (Vindita significa denunciar alguém como culpado diante da multidão.) Entregue à vindita popular porque foi a vontade de Alá que quis que o pobre menino terminasse seus dias. E Alá não é obrigado a ser justo em todas as coisas aqui embaixo, em todas as suas criações, em todos os seus atos aqui na terra.

Eu também não, eu não sou obrigado a falar, a contar essa minha vida cadela, a vasculhar dicionário atrás de dicionário. Estou com o saco cheio; por hoje eu estou com o saco cheio. Para o inferno todo mundo!

Walahê (em nome de Alá)! Faforo (caralho do meu pai)! Gnamokodê (filho-da-puta da puta-que-pariu)!

III

ULIMO, ou Movimento Unido de Libertação pela Democracia na Libéria, é o bando de legalistas, de herdeiros do bandidaço que era o presidente-ditador Samuel Doe, que foi esquartejado. Ele foi esquartejado numa tarde nebulosa em Monróvia a terrível, capital da República da Libéria independente desde 1860. Walahê (em nome de Alá)!

O ditador Doe começou com a patente de sargento do exército liberiano. Ele, sargento Doe, e alguns de seus camaradas ficaram cheios da arrogância e do desprezo dos negros afro-americanos chamados de congos em relação aos nativos da Libéria. Os nativos são os negros pretos africanos originários do país. Eles deviam ser diferenciados dos negros pretos afro-americanos, os descendentes dos escravos alforriados. Esses descendentes de escravos, chamados também de congos, comportavam-se como colonizadores na sociedade liberiana.

É assim que meu dicionário Harrap's define nativos e afro-americanos. Samuel Doe e alguns de seus camaradas ficaram cheios da injustiça que atingia os nativos da Libéria na Libéria independente. É por essas razões que os nativos se revoltaram e dois nativos montaram um complô de nativos contra os afro-americanos colonialistas e arrogantes.

Os dois nativos, os dois negros pretos africanos nativos que montaram esse complô chamam-se Samuel Doe, que é um krahn, e Thomas Quionkpa, que é um gyo. Krahns e gyos são as duas principais tribos negras pretas africanas da Libéria. Por isso se diz que a Libéria independente inteira tinha se revoltado contra seus afro-americanos colonialistas e arrogantes colonizadores.

Felizmente para eles (os revoltados), ou por causa dos sacrifícios feitos por eles terem sido recompensados, o complô teve total sucesso (recompensa dos sacrifícios significa que os negros pretos africanos fazem um montão de sacrifícios sangrentos para terem sorte. Quando os sacrifícios são recompensados isso quer dizer que eles têm sorte.) Depois do sucesso do complô, os dois revoltados foram com os partidários deles tirar da cama, de madrugada, todas as personalidades, todos os senadores afro-americanos. Eles os levaram para a praia. Na praia, eles deixaram eles de cuecas, amarrados em postes. Quando nasceu o dia, eles os fuzilaram como coelhos, diante de toda a imprensa internacional. Depois os autores do complô voltaram para a cidade. Na cidade, eles massacraram as mulheres e os filhos dos fuzilados e fizeram uma grande festa na maior algazarra, numa euforia sem controle, na maior bebedeira, e assim por diante.

Depois, os dois chefes autores do complô beijaram-se na boca, como pessoas direitas, parabenizaram-se mutuamente. O sargento Samuel Doe concedeu a patente de general ao sargento Thomas Quionkpa, e o sargento Thomas Quionkpa concedeu a patente de general ao sargento Samuel Doe. E como era preciso apenas um chefe, um único chefe de Estado, Samuel Doe proclamou-se presidente e chefe inconteste e incontestável da República unitária e democrática da Libéria, independente desde 1860.

Aquilo vinha bem a calhar, vinha bem a calhar como um pouco de sal na sopa, pois havia precisamente um encontro de chefes de Estado da Comunidade dos Estados da África Ocidental, CEAO. A Libéria faz parte da CEAO. Samuel Doe, com a patente de general e o título de chefe, vestido com seu uniforme de pára-quedista e com o revólver pendurado à cintura, pegou o avião. Ele foi de avião como chefe de Estado para assistir como todos os chefes de Estado ao encontro da CEAO. O encontro ocorria em Lomé. Em Lomé, as coisas ficaram feias. Quando ele chegou armado até os dentes, os chefes de Estado da CEAO ficaram amedrontados. Eles o consideraram doido e não aceitaram sua participação no encontro. Ao contrário, eles o trancaram num hotel. Durante todo o encontro, com proibição absoluta de pôr o nariz do lado de fora e de beber uma única gota de álcool. Depois de terminada a reunião eles o despacharam de volta por avião para Monróvia, sua capital. Que nem um uya-uya. (Uya-uya significa um pé-rapado, um brigão, segundo o Inventário das particularidades do francês da África negra.)

Em sua capital, Monróvia, Samuel Doe reinou tranqüilo durante cinco invernadas inteiras. Ele ia para todo lado com seu uniforme de pára-quedista e com o revólver na cintura, que nem um verdadeiro revolucionário. Mas um dia ele pensou em Thomas Quionkpa... pensou em Thomas Quionkpa e, de repente, ficou de mau humor, sentiu-se mal em seu uniforme de pára-quedista. Não se pode esquecer que Samuel Doe tinha conseguido aplicar seu golpe com a ajuda de Thomas Quionkpa e que Thomas Quionkpa continuava lá, firme. Até os ladrões de galinheiro sabiam disso e repetiam para quem quisesse ouvir; quando alguém consegue dar um golpe incrível com ajuda de um segundo, só se pode gozar plenamente dos frutos da rapina depois de ter eliminado este segundo. Depois de cinco anos de reinado, a existência de Thomas Quionkpa continuava trazendo problemas para a moral, para as declarações, para o comportamento do general Samuel Doe.

Para resolver esses problemas, Samuel Doe inventou um estratagema garantido. (Estratagema significa artimanha, segundo o meu dicionário Petit Robert.) Coisa simples, bastava lembrar-se dela. Era o golpe da democracia. A democracia, a voz popular, a vontade do povo soberano. Etcetera e tal...

Num sábado de manhã, Doe decretou uma festa. Ele convocou todos os oficiais superiores do exército liberiano, todos os diretores da administração do país, os chefes de cantão da república inteira, todos os líderes religiosos. Diante de todo esse areópago (areópago significa reunião de sábios), ele discursou assim:

— Fui obrigado a tomar o poder pelas armas porque há injustiça demais neste país. Agora que a igualdade existe para todo mundo e que a justiça está de volta, o exército vai parar de comandar o país. O exército entrega de volta aos civis, ao povo soberano, a gestão do país. E para começar, eu, solenemente, renuncio a meu estatuto de militar, eu renuncio a meu uniforme de militar, a meu revólver. Eu me torno um civil.

Ele se livrou de seu revólver, de seu uniforme de pára-quedista, da boina vermelha, da camisa com galões, das calças, dos sapatos e meias. Ele se despiu até ficar só de cueca. Depois estalou os dedos e todos viram chegar seu ordenança. Ele lhe trouxe um terno de três peças, uma camisa, uma gravata, meias, sapatos e um chapéu. E, sob os aplausos de todos, ele se vestiu como civil. Ele se tornou um civil igual ao mais desgraçado uya-uya do pedaço.

A partir daí, as coisas aconteceram muito depressa. Em três semanas, ele mandou redigir uma constituição à sua moda. Durante dois meses, ele viajou por todos os condados[1] para explicar que ela era boa. E num domingo de manhã, a constituição foi aprovada numa votação com 99,99% dos eleitores, porque 100% já seria demais e não pareceria sério. Dava impressão de uya-uya.

Com a nova constituição, o país tinha necessidade de um presidente civil. Durante seis semanas, ele foi em todos os condados para dizer que tinha se tornado civil não somente da boca para fora, mas também de coração. E em outro domingo de manhã, 99,99% dos eleitores votaram nele na presença de observadores internacionais. 99,99%, porque 100% também já seria demais e daria a impressão de uya-uya; toda essa história causava mexericos. (Causar mexericos é provocar muitos comentários, pelo prazer da maledicência, segundo o Larousse.)

E lá estava o bom presidente bem apessoado, respeitável e respeitado. O primeiro ato concreto que ele realizou imediatamente, enquanto presidente, foi o de destituir o general Thomas Quionkpa como um cafajeste. (Destituir significa privar um oficial de seu emprego. Destituir como um cafajeste, isto é, como alguém que talvez fosse montar um complô.)

---

1. Divisão administrativa de certos países de tradição anglo-saxônica. (N.T.)

Mas aí as coisas ficaram feias. Thomas Quionkpa não quis deixar barato. Mas não quis mesmo!

Com oficiais e altos funcionários gyos que nem ele, Thomas Quionkpa montou, de fato, um verdadeiro complô. Por muito pouco, por um triz, o complô não deu certo. Aí então Samuel Doe reagiu mal. Agora ele tinha provas, aquela era a ocasião que ele estava esperando há muito tempo. Ele torturou horrivelmente Thomas Quionkpa antes de fuzilá-lo. Sua guarda pretoriana se espalhou na cidade e assassinou quase todos os gyos empregados de repartição pública da República da Libéria. E as mulheres e crianças também.

E lá estava Samuel Doe feliz e triunfante, chefe único, rodeado apenas pelos funcionários de sua etnia krahn. A República da Libéria tornou-se um Estado krahn, totalmente krahn. Isso não durou quase nada. Pois, felizmente, cerca de trinta funcionários gyos tinham escapado de seus assassinos. Eles tinham fugido para a Costa do Marfim e, lá, tinham ido chorar as mágoas junto ao ditador do país, Houphouët-Boigny. Houphouët-Boigny os tinha consolado e enviado ao ditador da Líbia, o senhor Kadafi, que sempre tem um acampamento para formar terroristas. Kadafi formou os trinta funcionários gyos no manuseio das armas e no terrorismo durante dois anos inteiros. Depois ele os enviou de volta para a Costa do Marfim. Na Costa do Marfim, os funcionários bem formados se esconderam nas aldeias da fronteira da Costa do Marfim com a Libéria. Eles ficaram quietos até a data fatídica (fatídica significa marcada pelo destino) de 24 de dezembro de 1989, o Natal de 1989. No Natal de 1989, à noite, eles esperaram que todos os guardas da fronteira do posto de Butoro (cidade fronteiriça) estivessem com a cara cheia, quase mortos de tanto beber, para então atacá-los. Eles dominaram rapidamente o posto fronteiriço de Butoro, massacraram todos os guardas e pegaram as armas para eles. Com todos os guardas mortos, eles se fizeram passar por guardas, pegaram o telefone e telefonaram para o Estado-Maior de Monróvia. Eles anunciaram ao Estado-Maior que os guardas da fronteira tinham enfrentado um ataque, e pediram reforços. O Estado-Maior despachou os reforços. Os soldados enviados como reforço caíram numa armadilha, foram todos massacrados, mortos, todos eles castrados e as armas deles recolhidas. Os funcionários gyos, os amotinados, tinham muitas, muitas armas. Por isso se diz, os historiadores dizem, que a guerra tribal chegou na Libéria naquela noite de Natal de 1989. A guerra começou naquele dia 24 de dezembro de 1989, exatamente dez anos depois, dia a dia, do golpe de Estado militar do país vizinho, a Costa do Marfim. Desde aquela data, os aborrecimentos começaram para Samuel Doe, e foram num *crescendo* até a sua morte. (Num *crescendo* significa aumentando progressivamente). *Crescendo* até a morte dele cortado em pedacinhos. Vamos falar disso mais tarde. Por enquanto, não tenho tempo. Gnamokodê (filho-da-puta da puta-que-pariu)!

Os estrangeiros não eram bem-vindos ao ULIMO. Isso é a guerra tribal que determina. Desde que chegamos, contamos a historinha que tínhamos preparado para Samuel Doe. Sobre seu patriotismo, sua generosidade. Sobre o grande bem que ele fazia à Libéria inteira. Sobre seu sacrifício pela pátria. E assim por diante. Eles escutaram bem esse discurso, religiosamente e por muito tempo. Depois, pediram nossas armas. Nós entregamos as armas em toda confiança. Eles trouxeram o Corão, a Bíblia e uns feitiços. Eles nos fizeram jurar pelos livros santos e pelos feitiços. Nós juramos solenemente que não éramos ladrões, que nenhum de nós era ladrão. Porque ladrões eles já tinham demais, eles não queriam mais saber deles, estavam cheios deles. E depois eles nos trancaram em prisões. Clique-claque e pronto.

Nas prisões do ULIMO a comida era muito intragável e, ainda por cima, muito pouca. (Intragável significa impossível de engolir.) Yacuba foi o primeiro a se queixar das más condições. Ele protestou com toda a força: "Eu sou um grigriman, um grigriman danado de bom na proteção contra as balas que passam assobiando." Eles não ouviram. Ele protestou ainda mais: "Me tirem daqui. Se não eu vou enfeitiçar vocês. Vou enfeitiçar todo mundo." Então eles vieram buscá-lo e ele disse que não ia embora sem mim; ele pediu que eu fosse com ele.

Eles nos levaram para o Estado-Maior do general Baclay, Onika Baclay Doe. O general Baclay era uma mulher. (A gente deveria dizer generala, no feminino. Mas, segundo meu Larousse, a palavra "generala" é reservada à mulher de um general, e nunca a uma mulher que é ela mesma general.) Então eles nos apresentaram a Onika Baclay Doe. O general Baclay estava contente de ver Yacuba. Ela já possuía um grigriman feiticeiro. Mas não era um grigriman muçulmano. Diante de certos fatos, ela começava a duvidar da ciência e das práticas de seu grigriman feiticeiro. Com Yacuba, ela teria dois e seria melhor assim.

Quanto a mim, fui enviado para as crianças-soldados. Me mostraram minha kalach. Nós éramos cinco para uma arma e a kalach que me apresentaram era mais nova do que a que eu tinha na NPFL.

As crianças-soldados eram bem tratadas no ULIMO. Comia-se bem e era possível ganhar dinheiro, dólares, trabalhando como guarda-costas dos garimpeiros. Eu quis fazer umas economias. Eu não quis gastar com drogas tudo o que eu ganhava, como faziam as outras crianças-soldados. Com minhas economias eu comprei ouro, e este ouro eu mantinha num patuá que ficava sempre comigo. Eu queria levar alguma coisa para minha tia no dia em que encontrasse ela de novo. Faforo (caralho do meu pai).

O general Baclay era também uma peça rara. Uma peça rara de mulher, bem a seu modo. Ela fuzilava do mesmo jeito homem ou mulher, todos os ladrões, quer eles tivessem roubado uma agulha ou um boi. Um ladrão é um ladrão e ela fuzilava eles todos. Na igualdade.

Sanniquellie, a capital do general, era um antro de ladrões. Todos os ladrões da República da Libéria tinham marcado encontro em Sanniquellie. As crianças-soldados conheciam bem o problema. Elas, que dormiam muitas vezes sob efeito da droga, elas acordavam muitas vezes peladas, completamente peladas. Os ladrões tiravam tudo delas, até mesmo as cuecas. Elas eram encontradas peladas do lado das kalachs.

Os ladrões pegos em flagrante delito (flagrante delito é o delito cometido sob as vistas daqueles que o constatam) eram presos e ficavam acorrentados numa prisão durante uma semana. Eles podiam sentir a maior fome, tal como determina a lei da natureza humana. Nada a fazer, os acusados não tinham direito a comida nas prisões de Baclay.

No sábado por volta das nove horas, esses acusados eram levados acorrentados para a praça do mercado, onde toda a população se encontra reunida. O julgamento ocorria na praça e diante de todos. Ele consistia em perguntar ao acusado se ele tinha roubado mesmo, sim ou não. Se ele respondesse que sim, era condenado à morte. Se respondesse que não, era contestado pelas testemunhas e condenado à morte do mesmo jeito. (Contestar significa negar a veracidade de uma declaração e provar que ela é falsa.) Tanto faz, dá no pé como na cabeça dá, é a mesma coisa. O acusado sempre era condenado à morte. E os condenados passavam incontinenti para o local da execução. (Incontinenti significa sem demora, no mesmo instante, imediatamente.)

Traziam para eles um arroz fumegante com molho de semente de palmeira acompanhado por grandes nacos de carne. Eles se jogavam em cima da comida como animais selvagens, de tanto que tinham fome. Aquilo era tão bom, mas tão bom mesmo que dava vontade em muitos espectadores de estar no lugar dos condenados. Os condenados comiam muito e depressa. Eles matavam a fome, até se empanturrar. Eles diziam adeus aos amigos. Quer o condenado fosse católico ou não, um padre passava por lá e lhe dava a extrema-unção. Eles eram amarrados a postes. Colocavam vendas nos olhos deles. Alguns choravam que nem crianças mimadas. Mas era uma minoria. A maioria, a grande maioria continuava lambendo os beiços e rindo às gargalhadas, fazendo um barulhão, de tanto que estavam contentes por ter comido tão bem. E eles eram fuzilados sob os aplausos da multidão alegre e feliz.

E apesar de tudo — isso mesmo — apesar de tudo, alguns dos espectadores constatavam com surpresa que, enquanto aplaudiam, outros ladrões tinham surrupiado as carteiras deles. (Surrupiar significa bater a carteira de alguém segundo o meu Larousse.) Carteiras surrupiadas, pois há tanto ladrão em Sanniquellie que a execução de uns não chega a servir de lição para os outros. Faforo (caralho do meu pai)!

Do ponto de vista da origem e filiação, Onika era a irmã gêmea de Samuel Doe. Onika tinha rodado a bolsinha como podia, na época do complô dos nativos contra os afro-americanos. (Rodar a bolsinha é o que fazem as mulheres da rua, quer dizer prostituir-se.) Ela se chamava então Onika Dokui. Desde que o complô de seu irmão gêmeo foi bem-sucedido, ele a nomeou sargento do exército liberiano, e ela própria decidiu trocar de nome e quis ser chamada de Baclay. Baclay porque esse nome parecia negro preto afro-americano e, por mais que se diga, ser afro-americano na Libéria dava certo prestígio, era melhor que ser descendente de nativos, que ser negro preto africano nativo.

Quando voltou de Lomé, da conferência dos chefes de Estado da CEAO, Samuel Doe nomeou o sargento Baclay tenente e a incluiu em sua guarda pessoal. Depois do complô dos gyos, Samuel Doe nomeou-a comandante da guarda presidencial. Com a morte de Samuel Doe, quando Samuel Doe foi esquartejado, Baclay nomeou-se a si mesma general e chefe da região de Sanniquellie. Isto é: o general era uma mulher espertalhona que não ia dar moleza para uns uya-uya marmanjos. Walahê!

O general Onika era uma mulherzinha enérgica que nem uma cabrita de quem roubaram o filhote. Ela supervisionava tudo, sempre com seus galões de general e sua kalach. Por toda parte com seu jipe cheinho de guarda-costas armados até os dentes. A administração era familiar. A administração dos negócios correntes ficava por conta do filho dela. Ele se chamava Johnny Baclay Doe. Ele era coronel e comandava o regimento mais aguerrido. Este filho dela era casado com três mulheres. Essas três mulheres eram comandantes e dirigiam os três setores mais importantes: as finanças, a prisão e as crianças-soldados.

Sita era o nome da que cuidava das finanças. Era uma malinquê, no pidgin afro-americano mandinga. Era ela que recebia o aluguel da terra que devia ser pago trimestralmente pelos garimpeiros. Ela era muçulmana, mas não dava um vintém por caridade. Ela considerava como ladrões da terra os garimpeiros que trabalhavam sem autorização e estes eram condenados à morte no sábado de manhã. E quando eram fuzilados, ela ria às gargalhadas.

Monita era o nome da comandante que cuidava das prisões. Ela era protestante, era caridosa e tinha um coração de ouro. Ela dava o que comer aos acusados que não tinham o direito de pegar a bóia. Ela dava prazer àqueles que tinham apenas algumas horas de vida. Gestos como este, Alá os vê e recompensa lá do céu.

A que comandava os soldados-crianças se chamava Rita Baclay. Rita Baclay gostava de mim que só vendo. Ela me chamava de filhote do grigriman Yacuba e o filhote do grigriman tinha tudo e podia fazer tudo o que quisesse. Às vezes, principalmente quando Baclay estava ausente, ela me levava para a casa dela, me paparicava preparando um bom prato do meu gosto. (Paparicar significa mimar, tratar com carinho.) Eu comia bem e, durante toda a refeição, ela não parava de me dizer: "Meu Birahimazinho, como você é bonitinho, como você é lindinho. Você sabe que é lindinho? Sabe que é bonitinho?" E depois da refeição ela não parava de me pedir para tirar a roupa. E eu obedecia. Ela fazia carinho no meu bangala, devagarinho, devagarinho. E eu ficava de pau duro que nem garanhão e não parava de murmurar:

— Se o coronel Baclay visse a gente, ela não ficaria nem um pouco contente.

— Não precisa ficar com medo, ela não está por aqui — murmurava ela.

Ela dava um monte de beijos no meu bangala e no fim engolia ele que nem uma cobra engole um rato. Ela transformava meu bangala em palito de dente.

Eu ia embora assobiando de contente, todo inchado. Gnamokodê (puta-que-pariu)!

Sanniquellie era uma grande aglomeração próxima da fronteira, onde se extraía ouro e diamante. Apesar da guerra tribal, os comerciantes estrangeiros aventuravam-se com temeridade até Sanniquellie, incitados pelo ouro negociado a preço de banana. (Aventurar-se com temeridade significa agir com ousadia e imprudência excessivas. E incitado significa atraído). Todo mundo estava sob as ordens do general Baclay em Sanniquellie. O general Baclay tinha direito de vida e morte sobre todo mundo em Sanniquellie e usava dele. Usava e abusava.

Sanniquellie compreendia quatro bairros. O bairro dos nativos, o dos estrangeiros, e entre os dois havia o mercado. Era lá no mercado que os ladrões eram executados sábado de manhã. Na outra ponta, ao pé da colina, o bairro dos refugiados e, sobre a colina, o campo militar em que a gente vivia. O campo militar era delimitado por crânios humanos espetados na ponta de estacas. Isso... isso é a guerra tribal que determina. Bem além das colinas, na planície, havia o rio e as minas. Esses lugares eram patrulhados pelos soldados-crianças. As minas e o rio em que se lavavam os minerais eram um verdadeiro mafuá. Eu me recuso a descrever esses dois lugares porque eu sou um menino de rua e faço o que bem entendo, e estou pouco me lixando para o resto do mundo. Eu vou falar é dos patrões associados que são os verdadeiros chefes das minas e de tudo mais.

Os patrões associados são os verdadeiros chefes, os verdadeiros manda-chuvas desses lugares. Eles moram onde trabalham, e a casa deles, o alojamento deles, é uma verdadeira fortaleza. Uma verdadeira fortaleza vigiada por soldados-crianças armados até os dentes e sempre drogados. Totalmente drogados. Onde há soldados-crianças, há também crânios espetados na ponta de estacas. Os patrões associados têm dinheiro. Todo garimpeiro depende de um patrão associado.

Para começar, além de um calção, o garimpeiro não tem nada. É o patrão associado que financia tudo para ele. Ele financia as enxadas, a peneira, a bóia e paga, como direito mensal para explorar a terra, meio dólar americano.

Quando o garimpeiro realiza um achado admirável, isto é, caso ele tenha a chance de topar com uma pepita, ele paga ao patrão associado tudo o que lhe deve. O que acontece raramente, porque o achado admirável acontece depois de o garimpeiro ter ficado endividado até o pescoço com o patrão associado. O que quer dizer que ele se encontra permanentemente à disposição do patrão associado. O patrão associado geralmente é um libanês e é fácil entender por que muitas vezes ele é assassinado. É isso mesmo, bem-feito que eles sejam assassinados cruelmente, eles são verdadeiros vampiros. (Vampiros são pessoas que enriquecem com o trabalho alheio, segundo o Petit Robert.)

É preciso ver quando um garimpeiro topa com uma pepita. A cena vale a pena. É um alvoroço, ele berra com todas as forças, pedindo a proteção dos soldados-crianças. E os soldados-crianças sempre drogados vêm correndo, rodeiam ele e o conduzem até seu patrão associado. O patrão associado faz a conta dos direitos dele, paga as taxas, paga os soldados-crianças que asseguraram a proteção. E o resto, quando tem algum resto, ele dá ao garimpeiro. O garimpeiro fica infeliz, ele é obrigado a ter um guarda-costas até acabar de gastar tudo e obrigatoriamente esse guarda-costas é um soldado-criança totalmente drogado. Walahê! A criança-soldado sempre precisa de droga e o haxixe não é dado a ninguém de graça, custa caro.

Uma noite, bandidos saqueadores armados até os dentes entraram em Sanniquellie. Os caras se aproveitaram da escuridão para deslizar entre as cabanas como gatunos. Eles entraram no bairro dos patrões associados. Eles deram a investida contra duas casas de patrões associados. (Investir contra uma casa é cercá-la cortando toda sua comunicação com o exterior.) Foi fácil, os small-soldiers estavam drogados, os soldados também. Os bandidos surpreenderam os patrões associados no sono. Sob a ameaça das kalachs, eles pediram aos patrões associados que entregassem as chaves dos cofres. Os patrões associados entregaram as chaves. Os bandidos saqueadores foram se servindo, se servindo à vontade. Foi na hora de ir embora, quando quiseram levar os patrões associados e que um deles recusou, que houve um disparo. Um soldado-criança acordou e atirou. Eles só sabem fazer isso, atirar, atirar e nada mais. E aquilo causou uma barulheira generalizada. Fuzilamentos sem parar e resultado: mortos, muitos mortos. Walahê! Cinco soldados-crianças e três soldados foram liquidados. Os cofres foram esvaziados, completamente esvaziados, roubados, e os bandidos saqueadores desapareceram fugindo com dois patrões associados. Era preciso ver! O espetáculo era lamentável. Mortos por toda parte, soldados, soldados-crianças mortos, cofres arrebentados e dois patrões associados desaparecidos. Os soldados-crianças que tinham morrido não eram meus amigos. Eu não conhecia eles, e é por isso que não faço a oração fúnebre deles. Além do mais não sou obrigado. Gnamokodê!

Onika Baclay veio até o local, em pessoa. Ela não pôde conter as lágrimas. Era preciso ver aquilo para acreditar. Valia a pena. Uma criminosa como Onika Baclay chorando pelos mortos. Lágrimas de crocodilo! Aquela lá não estava chorando pelos cadáveres, mas pelas perdas que eles poderiam significar para ela.

A política de Onika Baclay era a segurança dos patrões associados. Sem patrões associados, nada de garimpeiros, nada de exploração das minas e, por conseqüência, nada de dólares. Ela garantia a segurança dos patrões associados e se gabava disso. E agora lá estavam dois patrões associados raptados, desaparecidos no meio da noite, em pleno centro de Sanniquellie. Todos os patrões associados iam querer ir embora, todos iam fechar suas barracas e dar no pé. O sistema de Onika estava desmoronando.

Onika estava que nem doida. Só vendo. Aquele toco de mulher, do alto de seu metro e meio, urrava: "Fiquem! Fiquem! Eu vou procurar eles, vou fazer eles voltarem. Eles estão em Niangbo. Em Niangbo."

Era a primeira vez que eu ouvia o nome de Niangbo; Niangbo, onde estava minha tia. Os dois bandidos saqueadores vinham de Niangbo.

Dois dias depois do rapto, chegaram os pedidos de resgate. Eles pediam dez mil dólares americanos, nem um a menos, por cada patrão associado.

"É demais, demais, dez mil dólares americanos. Onde é que eu vou encontrar esse dinheiro? Onde é que eu vou arrumar tanta grana?" — urrava o general Onika.

As negociações logo foram iniciadas. Baclay podia dar dois mil dólares por patrão associado. Os bandidos quiseram ser compreensivos, eles reclamaram oito mil dólares, mas nem um a menos, caso contrário cortariam a garganta dos patrões associados.

As negociações eram difíceis e demoradas, porque Niangbo ficava a dois dias de caminhada de Sanniquellie.

Niangbo era uma cidade aberta, livre, que não pertencia a nenhuma das facções em conflito. Ela devia ser neutra. Ela não devia autorizar ações como o seqüestro de reféns. Mas acabou autorizando. Era um erro que os habitantes de Niangbo iam pagar caro. Eles iam pagar muito caro, isso era o que não parava de resmungar o general Onika.

Enquanto as negociações se desenrolavam, o general Onika preparava secretamente a tomada de Niangbo pela força. A gente, as crianças-soldados, a gente começou a andar rumo a Niangbo no quarto dia após o seqüestro. A caminhada se fazia à noite; durante o dia a gente se escondia na floresta. Para impedir a gente de fazer muita besteira no caminho, tinham cortado nosso haxixe. De maneira que a gente estava frouxo que nem umas minhocas, roídos pela vontade de dar uns tragos. A gente seguia nervoso, sem saber o que fazer, pedindo toda hora um pouco de haxixe. Mas durante os dois dias e as duas noites que durou a viagem, as instruções foram respeitadas.

E enfim, num domingo de manhã, a gente estava contente por ter chegado a Niangbo. Fizeram a gente se acomodar e nos serviram haxixe à vontade. Nós éramos os primeiros, a vanguarda, os batedores. Nós estávamos impacientes para combater. Nós estávamos tão fortes por causa do haxixe, como touros, e tínhamos confiança em nossos patuás. Atrás de nós, vinha o regimento dos soldados e, um pouco mais atrás, o Estado-Maior com o general Onika em pessoa. A operação era dirigida pelo general. Ela fazia questão de estar lá para punir o povo de Niangbo. Em volta dela, estavam os feiticeiros, os dois feiticeiros, Yacuba e seu ex-feiticeiro chamado Sogu. Sogu era um feiticeiro de raça krahn. Em todas as estações do ano ele usava, na cabeça e em volta das ancas, tiaras de penas. O corpo dele era todo colorido de *kaolin.*[2]

O ataque começou com o nascer do dia. Nós tínhamos nos infiltrado até perto das primeiras cabanas. Cada kalachnikov era manejada por cinco crianças-soldados. O primeiro grupo atacou. Para nossa surpresa, outras rajadas responderam a nossas primeiras rajadas de kalach. Os habitantes e os soldados de Niangbo estavam nos esperando. Não tinha havido surpresa. O primeiro atacante caiu por terra. Um outro o substituiu, e depois também caiu, por sua vez atingido. E depois foi o terceiro. O quarto desistiu. A gente recuou, deixando nossos mortos caídos no chão. Era toda a estratégia estudada pelo general Onika que estava assim sendo posta em questão. Soldados vieram substituir-nos na vanguarda do combate. Eles recolheram os corpos dos mortos.

A gente, as crianças-soldados, a gente tinha que ir até o Estado-Maior para verificar o poder de proteção de nossos

2. Vocábulo de origem chinesa que designava o lugar de onde se extraía o *kaolin*, silicato de alumínio, que dá um pó branco e quebradiço. (N.T.)

feitiços. Era certeza que a gente tinha feito besteira, para que nossa proteção estivesse assim tão fraca: três mortos logo nas primeiras rajadas. E de fato, depois das investigações, a gente soube que certas proibições tinham sido transgredidas pelas crianças-soldados. (Transgredir significa violar, infringir.) Nós tínhamos cometido uma transgressão comendo carne de cabrito. Isto, isto não é permitido em tempo de guerra quando a gente está equipado com os patuás de guerra.

Eu estava vermelho de raiva. Não... um preto que nem eu nunca fica vermelho de raiva; isso é coisa de brancos. O preto fica crispado. Eu estava crispado de raiva, irado. Os feiticeiros são uns trapaceiros. (Trapaceiro significa pessoa pouco séria, enroladora, segundo o meu Larousse.) Sem brincadeira! Porque a gente tinha comido carne de cabrito, lá estavam três mortos, de acordo com os feiticeiros. Conseguir soltar tamanhas babaquices! Não dá para acreditar!

Eu chorava por todas as mães. Eu chorava por tudo o que eles não tinham vivido. Em meio aos corpos, eu reconheci Seku, o terrível.

Ele, Seku Ouedraogo, o terrível, foi a mensalidade que foi a perdição dele, foi isso que jogou ele na goela do crocodilo, isso que fez ele ir parar nas crianças-soldados. (Mensalidade significa os custos com a escolarização de uma criança.)

O pai dele era vigia de uma das mansões abastadas lá pelos lados do bairro dos Dois Planaltos, na grande Abdijão. Uns bandidos saqueadores assaltaram o burguês abastado patrão dele, e este acusou o vigia de cumplicidade. (Abastado significa que denota riqueza.) Como não há justiça nessa terra para o pobre, o pai de Seku foi torturado e preso. A mensalidade de

Seku não foi paga durante um mês, durante dois meses... Quando deu três meses, o diretor da escola chamou Seku e lhe disse: “Seku, você foi expulso, você poderá voltar quando tiver como pagar as mensalidades.”

A mamãe de Seku chamava Bita. Bita pediu ao filho: “Espera, eu vou arranjar o dinheiro da escola, eu vou conseguir ele.” Ela vendia arroz cozido e os operários de um canteiro de obras deviam a ela quinze mil francos CFA. Com os quinze mil francos CFA Bita tinha mais do que o suficiente para pagar as mensalidades escolares de cinco mil francos. Mas Seku esperou uma semana, mais uma outra inteirinha, e vendo que nada vinha, Seku pensou em seu tio do Burkina Fasso. Seu pai muitas vezes tinha falado de Bukari, um dos irmãos dele, um tio de Seku que era motorista, tinha uma moto e uma concessão lá na grande Uagadugu. Seku decidiu ir procurar o tio dele que tem uma moto e uma concessão em Uagadugu. Ele burlou a fiscalização e pegou o trem sem pagar. (Burlar significa ludibriar, ou praticar uma fraude.) Mas ele foi pego na chegada em Uagadugu e foi enviado à delegacia central de Uagadugu.

— Onde estão teus pais?

— Meu tio se chama Bukari, ele tem uma moto e uma concessão.

Mas encontrar Bukari que tem uma moto e uma concessão na grande capital Uagadugu é a mesma coisa que achar uma agulha num palheiro. Seku ficou mofando durante uma semana na delegacia central, esperando que encontrassem o tio dele. Na segunda semana, enquanto a busca prosseguia, Seku aproveitou a distração dos guardas que o vigiavam para sair pela tangente e desaparecer na grande Uagadugu. (Sair pela tangente é esquivar-se.) Na grande Uagadugu, ele começou a andar a esmo. (Andar a esmo significa aventurar-se ao acaso.) Em sua peregrinação, ele notou um caminhão de Abdijão. O motorista estava sozinho a bordo; seu boy aprendiz tinha largado dele porque ele não o pagava. Seku apressou-se e foi apresentar-se como um garoto que trabalha sem se importar em ser pago. O trato entre os dois foi concluído, Seku tornou-se motorista aprendiz e boy do motorista que se chamava Mamadu. Mamadu puxou Seku para detrás do caminhão e, em voz baixa, explicou a ele qual era a missão do caminhão. Uma missão secreta, muito secreta, da qual Seku jamais deveria falar. O caminhão transportava às escondidas armas para os partidários de Taylor na Libéria. O caminhão não ia diretamente para Abdijão.

E de fato, de noite, militares vestidos à paisana chegaram, hospedaram Mamadu e Seku num hotel, e saíram para carregar o caminhão. De madrugada, às quatro horas, eles voltaram com o caminhão carregado. A carga estava bem embalada. Eles acordaram Seku e Mamadu. Na cabine do caminhão, ao lado de Mamadu, subiu um oficial à paisana, e outro, também à paisana, veio se empoleirar com Seku por cima dos pacotes bem embalados. Direção: a fronteira entre a Costa do Marfim e a Libéria. Lá eles pararam e logo os guerrilheiros surgiram da floresta. (Um guerrilheiro é o combatente de uma guerrilha.) Um guerrilheiro substituiu Mamadu no volante e três subiram por cima das cargas. Eles foram embora com os oficiais. Seku e Mamadu foram convidados a esperar num matagal.

O dono do matagal era um bêbado brincalhão. Ele dava gargalhadas, batia nos ombros dos clientes, peidava de vez em quando. Enquanto ele fazia essas besteiras, surgiram da floresta quatro marmanjos mascarados. (Mascarados significa usando capuzes com furos na altura dos olhos.) Eles apontaram armas para Seku e Mamadu. Antes de levarem os dois, eles disseram ao proprietário do matagal, que tremia que nem uma folha:

— A gente está levando eles como reféns. Queremos cinco milhões de francos CFA pagos pelo governo do Burkina Fasso. O resgate tem que ser pago no máximo dentro de cinco dias, nem um dia a mais. Senão as cabeças dos reféns vão ser enviadas para vocês espetadas na ponta de uma forquilha. Entendeu bem?

— Entendi — respondeu o dono do terreno, que continuava tremendo.

Através da floresta, Seku e Mamadu foram levados com os olhos vendados até uma palhoça onde foram amarrados a umas estacas. Durante os três primeiros dias, houve três guardas que pareciam muito atentos. No quarto dia, ficou só um, e ele começou a dormir. Seku e Mamadu puderam se desamarrar e desaparecer na floresta. Seku, da floresta, foi desembocar numa estrada. Ela era estreita. Ele andou por ela sem olhar nem para a direita nem para a esquerda. No fim, tinha uma aldeia e, nessa aldeia, crianças-soldados. Ele se apresentou ao chefe da organização: "Eu sou Seku Ouedraogo, quero ser criança-soldado."

Como foi que Seku ganhou o apelido de terrível, ah, isso é outra história, uma longa história. Não me dá gosto contar porque não sou obrigado e porque dói, dói demais. Eu chorava até não poder mais de ver Seku deitado, morto daquele jeito. Tudo isso, querem dizer esses feiticeiros trapaceiros, por causa da carne de cabrito. Faforo (caralho do meu pai)!

Ao lado de Seku, tinha o corpo de Sossô, a pantera.

Sossô a pantera era um garoto da cidade de Salala, na Libéria. Ele tinha pai e mãe. O pai era vigia e fazia outros bicos, era pau pra toda obra na loja de um libanês e, acima de tudo, ele enchia a cara com vinho de palmeira e whisky também. Ele voltava para casa toda noite completamente bêbado. Tão bêbado que não podia nem mais distinguir a mulher do filho. Em casa, ele berrava que nem um chacal, quebrava tudo e principalmente batia na mulher e no filho único deles. Toda noite, quando o sol ia descendo no céu, Sossô e a mãe dele começavam a tremer de medo porque o chefe da família ia voltar para casa completamente bêbado, bêbado a ponto de não saber qual a diferença entre um touro e uma cabra. Agora ia ser a festa deles.

Uma noite, quando eles estavam escutando ele vir ao longe, vir ao longe cantando, rindo às gargalhadas e blasfemando (blasfemar significa proferir injúrias), Sossô e a mamãe dele pensaram no que estava esperando por eles e foram se esconder no fundo da cozinha. E quando ele chegou e não viu na casa sua mulher nem o filho, ele ficou com uma raiva ainda maior e começou a quebrar tudo. A mãe de Sossô saiu da cozinha tremendo e chorando para parar o massacre. E o pai jogou na mãe uma panela e a mãe começou a sangrar. Sossô, aos prantos, pegou uma faca de cozinha e enfiou no pai, que urrou que nem uma hiena e depois morreu.

A única coisa que tinha sobrado para Sossô o parricida (parricida significa aquele que matou o próprio pai) era ir se juntar às crianças-soldados. Quando a gente não tem pai, mãe, irmão, irmã, tia, tio, quando a gente não tem mais coisa nenhuma, o melhor é se tornar uma criança-soldado. Ser criança-soldado é para os que não têm mais nada o que procurar na terra e no céu de Alá.

Como Sossô mereceu o apelido de pantera, ah, isso é outra história e uma história comprida. Não me dá gosto nenhum contar isso agora porque não sou obrigado e também porque dói, dói demais. Eu chorava até não poder mais de ver Sossô deitado, morto daquele jeito. E quando eu pensava na idiotice dos feiticeiros que queriam dizer que era por causa de um cabrito consumido no mau momento, eu ficava com uma raiva ainda maior. Faforo!

Nós enterramos eles todos numa vala comum. Depois de fechada a vala, nós atiramos umas rajadas de kalach. No front, é assim que os mortos são enterrados.

Onika acreditava cem por cento nas bobagens dos feiticeiros que diziam que era por causa do cabrito consumido no mau momento que os três tinham sido ceifados. Era preciso reabilitar nossos feitiços, os nossos, das crianças-soldados. A reabilitação se faz na beira de um riacho e a escolha do riacho não foi coisa fácil. A escolha feita por um dos grigriman era automaticamente rejeitada pelo outro. Onika foi obrigada a levantar a voz e a fazer ameaças para que a paz se estabelecesse entre o grigriman feiticeiro e o grigriman muçulmano.

Onika se instalou com o filho e as noras dela, os outros membros do Estado-Maior pararam em volta deles. Fizeram vir as crianças-soldados, todas as crianças-soldados, umas trinta. Eu desconfiava, como alguns de meus camaradas, das bobagens dos feiticeiros e a gente ficava rindo por baixo dos panos durante toda a operação de reabilitação. Eles nos colocaram em fila. (Por baixo dos panos significa às escondidas, segundo o Larousse.) Depois, um após o outro, eles fizeram a gente recitar uma oração curta que dizia:

Almas dos antepassados, almas de todos os antepassados. Espíritos da água, espíritos da floresta, espíritos da montanha, todos os espíritos da natureza, eu declaro humildemente que errei. Eu vos peço perdão de dia e também de noite. Eu comi cabrito em plena guerra.

Nós nos livramos de nossos patuás e amontoamos eles. Colocaram fogo no monte, os objetos das chamas foram reduzidos a cinzas. As cinzas foram jogadas na água.

Depois todas as crianças-soldados ficaram peladas, totalmente peladas. Não era muito pudico, já que havia mulheres presentes. Havia Sita Baclay, Monita Baclay e Rita Baclay. Esta última, vendo a gente pelado e me vendo pelado, pensou nos momentos agradáveis que a gente tinha passado juntos. Gnamokodê (puta-que-pariu)!

Os feiticeiros passaram diante de cada criança-soldado. Cuspiram e esfregaram a cabeça de cada qual com o cuspe. Ordem foi dada às crianças-soldados de se jogar na água. O que elas fizeram na maior alegria, na maior algazarra. Depois de se terem lançado na água e de terem feito a maior bagunça, ordem lhes foi dada de sair da água. As crianças-soldados saíram todas pela margem direita. Os corpos secaram e, sempre completamente peladas, elas desceram pelo riacho até uma pontezinha que pegaram para atravessar para a margem esquerda, onde tinham deixado as roupas e armas. Elas se vestiram e fizeram uma fila de novo. Deram a elas novos feitiços. Eu e alguns de meus camaradas, duvidando da eficácia daquelas trapaças todas, continuamos rindo por baixo dos panos. Gnamokodê (puta-que-pariu)!

Tudo aquilo durou vinte e quatro horas. A gente tinha feito o povo de Niangbo acreditar que a gente tinha ido embora com nossos mortos, que a gente tinha desaparecido na floresta. E depois, de manhã, foi o maior combate. A gente mandou fogo sem dó. Mas pela segunda vez, a gente não surpreendeu eles. Taratatá para cá, taratatá para lá, eles responderam a nosso ataque com rajadas bem longas. A gente estava de novo pregado no chão. Dois soldados nossos foram atingidos apesar das bobagens de patuá muçulmano e de patuá de feiticeiro. O primeiro morreu na hora; o segundo foi mortalmente atingido. Dessa vez não havia crianças-soldados, já que as crianças-soldados não estavam na linha de frente. Entretanto, tinha sido ao sul da aldeia, do lado do riacho, que a gente tinha atacado, e não ao norte como da primeira vez. Eles tinham portanto posto em volta da aldeia inteira soldados armados com kalach. A gente, mais uma vez, tinha ficado pregado no chão.

Era preciso encontrar uma nova estratégia, diferente daquela bobagem de feitiço. E Onika, em vez de usar a cabeça, mais uma vez apelou para aqueles grandes imbecis que eram os feiticeiros. Eles reuniram alguns soldados com algumas crianças-soldados entre as quais Cabeça Queimada e discutiram sobre a estratégia a ser adotada. A reunião durou até a noite.

Bruscamente, equipado com diversos colares de grigris, com a kalach em punho, Cabeça Queimada avançou na direção das primeiras cabanas da aldeia. Ele avançou metralhando que nem um maluco, metralhando incessantemente, metralhando por dez. (Incessantemente significa sem parar.) Incessantemente e apesar da réplica dos soldados diante dele que respondiam igualmente com metralhada por metralhada. Era preciso ver — Walahê! — para acreditar! Ele avançou metralhando com tanto atrevimento, ele mostrava que tinha mesmo culhões, a tal ponto que os metralhadores diante dele desistiram. Para fugir. Eles estavam com tanto medo que deixaram as armas no lugar que estavam.

Isso era o que os nossos estavam esperando. Eles urraram todos juntos e correram para as primeiras cabanas. E para surpresa total deles, os aldeões amedrontados saíram das cabanas com as mãos para cima e com bandeiras brancas. Por toda parte, na aldeia, todos os habitantes se apresentaram com as mãos para cima, arvorando bandeiras brancas. (Arvorar significa mastrear, alçar.)

Cabeça Queimada, com toda sua coragem e com um montão de feitiços, tinha acabado de conquistar a aldeia de Niangbo. Quando os atiradores do outro lado viram Cabeça Queimada avançar com a metralhadora, eles disseram que as proteções de Cabeça Queimada eram mais fortes do que os grigris deles. Eles entraram em pânico e abandonaram as armas.

Eu, então, eu comecei a não entender mais coisa nenhuma naquele universo de perdição. A não sacar mais nada nesse mundo cão. A não entender mais nada da sacanagem da sociedade humana. Cabeça Queimada, com os feitiços, tinha acabado de conquistar Niangbo! Mas então é verdade ou não é, essa sacanagem de grigri? Quem é que pode me responder? Onde é que eu posso encontrar a resposta? Em lugar nenhum. Então quem sabe é verdade, essa história de grigri... ou talvez seja mentira, de araque, uma trapaça só de uma ponta até a outra da África. Faforo (caralho do meu pai)!

A aldeia inteira de Niangbo foi pega como refém por quatro bandidos saqueadores. Os mesmos quatro que tinham se apoderado dos proprietários associados de Sanniquellie. Eles tinham prendido o chefe da aldeia e as personalidades mais importantes da cidade de Niangbo. Os quatro tinham se posicionado nos quatro pontos cardeais. Eles é que tinham matado as crianças-soldados. Desde que eles desapareceram na floresta, todos os aldeões saíram.

Eles organizaram festas. Nós éramos os libertadores. Na praça da aldeia, dançaram com animação.

Era preciso ver uma filha-da-mãe como Onika bancar a libertadora. Valia a pena ver! Ela estava sentada no centro, dos lados estavam seu filho e suas noras, e a mulher reinava que nem um nababo, que nem um patrão. O tocador de tambor avançou na direção dela, curvou-se até seus pés e tocou em sua honra. Então Onika urrou que nem uma selvagem, e se jogou na roda de dança. Com tudo o que ela usava: galões, kalach, grigris, tudo mesmo. Seu filho e as noras imitaram, indo atrás dela na roda de dança. As mulheres levantaram os braços dela. Duas segurando cada braço. E todo mundo se pôs a aplaudir, como malucos, a cantar e a rir como desmiolados. As noras e os filhos abandonaram Onika no meio da roda. Ela começou a dança do macaco. Era preciso ver como aquela babaca pulava que nem um macaco, dava cambalhota que nem um menino de rua com seus galões de general, de tanto que estava bêbada, e põe bêbada nisso. De tanto que ela estava contente e orgulhosa de sua vitória. Ela estava embriagada de vinho de palmeira.

Depois da roda de dança, ela veio sentar, as noras e o filho sempre em volta dela. Eles beijaram ela na boca. O alvoroço parou. E Onika falou.

Ela fez saírem do meio da roda os dois grigrimen: Yacuba e Sogu. Ela os parabenizou publicamente. Era graças à arte deles que Niangbo tinha sido tomada sem muitos mortos. Os grigrimen estavam orgulhosos e contentes. Eles completaram uma rodada de dança bancando os babacas com os feitiços.

Ela fez aparecer no meio da roda de dança os dois proprietários associados que tinham sido seqüestrados. Onika explicou por que não tinham podido matá-los. Era por causa dos feitiços e dos sacrifícios! Ela continuou seu discurso. Os quatro bandidos que tinham ocupado a cidade de Niangbo seriam perseguidos e presos. Eles iam ser esquartejados, pedaços dos corpos deles seriam expostos por todo lado em que eles tinham cometido as malvadezas deles a fim de acalmar a ira dos feitiços que eles tinham provocado. Soldados sairiam em busca deles. Eles acabariam sendo pegos. Com certeza, se Deus quiser: se Deus quiser... Amém!

De repente, dois mandingos com seus bubus sujos aproximaram-se de Yacuba e gritaram bem alto para chamar a atenção de todo mundo:

— Você, eu conhecer. Tava antes em Abdijão, transporta, multiplica dinheiro, curandeiro e tudo tudo. Walahê! Eu conhecer você, você chamar Yacuba...

— Cretino! Cretino! — replicou Yacuba. (Ele não deixou o outro prosseguir.) Você fica gritando isso, todo mundo vai escutar. (Ele o puxou para o lado e disse:) Se você me conhece... Não precisa ficar gritando isso para todo lado. Onika vai ouvir, e não é bom para mim.

Yacuba não queria que Onika soubesse tudo o que ele tinha aprontado nessa porcaria de vida.

Por outro lado, Yacuba percebeu que um dos dois mandingos era um amigo dele, Seku. Seku, que tinha vindo visitá-lo de Mercedes no CHU Yopougon de Abdijão. Ele tinha emagrecido tanto que Yacuba não o tinha reconhecido. Yacuba e Seku trocaram beijos. E depois, eles começaram as quilométricas saudações que os diúlas trocam quando se encontram: "Como vai o primo da cunhada do teu irmão?", e assim por diante.

Depois de um minuto de silêncio, Seku e seu companheiro falaram das pessoas da aldeia que se encontravam naquela perdição que é a Libéria. E o companheiro de Seku anunciou que havia Mahan e seu marido. Eu gritei:

— Mas Mahan é minha tia!

Então nós começamos a pular todos dois como hienas pegas quando estão roubando uma cabra.

— Mahan! Mahan! — exclamou Yacuba apontando para mim. É a tia desse menino. Mahan é a tia desse menino, é ela que eu estou procurando. Onde é que ela está? Na casa dela? Onde?

E nós nos precipitamos que nem doidos, que nem alguém que tem um ataque de diarréia. (Ataque de diarréia significa alguém que está com muita pressa.) Era preciso ver só um bandido manco que nem Yacuba precipitar-se daquele jeito. E nós vasculhamos a concessão, cabana por cabana. Diante de certas cabanas, cadáveres, todo tipo de cadáveres, alguns com os olhos abertos como porcos mal degolados. Nós vasculhamos as concessões do norte e as concessões do sul, até... cansar... E então nós começamos a ficar desmoralizados. (Desmoralizado significa não ter mais entusiasmo nenhum, não ter mais vontade de fazer coisa alguma.) A gente estava olhando as moscas voarem da esquerda para a direita, sem dizer nada. E de repente, o companheiro de Seku parou, se debruçou, andou de um lado para o outro numa concessão diante de uma cabana e berrou que nem um boi: "Walahê! Walahê! Aí casa de Mahan. Mahan'i tá lá dentro!"

A porta estava entreaberta. Yacuba empurrou. Nada na cabana e a gente continuou até o cercado e lá, então, gnamokodê (puta-que-o-pariu), moscas maiores que abelhas aglutinadas sobre um cadáver. (Aglutinar significa juntar-se, reunir-se, misturar-se numa grande confusão.) As moscas voavam num alvoroço igual ao de um avião que passa raspando, deixando descoberto um cadáver ensangüentado. Soberbamente danificado, com o crânio esmagado, a língua arrancada, o sexo delicadamente cortado. Era — faforo (caralho do meu pai)! — o corpo do marido da titia Mahan. A gente ficou parado, começou a chorar como crianças mal acostumadas que ainda fazem xixi na cama. A gente estava lá, chorando como uns maricas, quando a gente viu um homem sair e aproximar-se cautelosamente. O homem era um nativo, um negro preto africano nativo. O tipo tremia que nem vara verde embaixo de chuva.

— Foram os krahns — disse ele. Eles não gostam dos mandingos. Eles não querem mais saber de mandingos na Libéria. Os krahns chegaram. Eles esmagaram a cabeça dele; eles arrancaram a língua e o pau dele. A língua e o sexo, que é para poder fazer os feitiços mais fortes. A mulher dele, a boa Mahan, viu tudo, ela correu depressa e se escondeu na minha casa. Depois de os krahns terem ido embora, embora de vez, eu levei ela até a entrada da floresta. Ela foi-se embora depressa floresta adentro. Embora para o lado do sul... Ela é tão boa, a Mahan, boa demais...

E o cara começou ele também a choramingar.

— Onde? Para onde ela foi? — exclamou Yacuba, prestes a dar um pulo para correr atrás dela.

— Faz dois dias que ela foi embora. Vocês não vão conseguir pegar ela. Vocês não vão mais encontrar ninguém.

A gente ficou boquiaberto. (Boquiaberto significa cheio de admiração, estupefato.) A gente estava desmoralizado. A tia estava na pior, ela corria um perigo iminente. (Perigo iminente: perigo que ameaça se concretizar, que está a ponto de acontecer, segundo o meu Larousse.)

A gente voltou para a praça em que agora mesmo estavam dançando a dança da cambalhota do macaco. Surpresa! A festa tinha sido suspensa. Era uma correria só, um alvoroço. Era uma gritaria, uma xingação e um vaivém para tudo quanto é lado.

Tinham acabado de dizer a Onika que o pessoal da NPFL aproveitou a ausência dela e a ausência de seu Estado-Maior para atacar Sanniquellie. E sem o menor estorvo, a NPFL tinha tomado a praça forte e todas as suas riquezas. (Estorvo significa, no Petit Robert, dificuldade, embaraço.) Sem dificuldade, sem nenhuma resistência diante deles, eles investiram contra Sanniquellie. Sanniquellie estava sob o comando deles. Onika estava que nem doida. A mulherzinha ia, vinha, berrava, injuriava e dava ordens com seus galões, sua kalach e seus feitiços, tudo mesmo.

O pessoal da NPFL sempre quis comandar a cidade aurífera de Sanniquellie. Diversas vezes a NPFL tinha atacado, e a cada vez tinha sido rechaçada, com perdas.

— Agora eles aproveitaram da minha ausência para aprontar esse péssimo golpe. É covardia! Os NPFL são uns covardes. Isso não é homem de verdade, são uns covardes! — berrava Onika.

O que podia fazer Onika agora? Tinham investido contra sua base, sua organização tinha sido degolada. Ela não tinha mais armas. Nem mais um exército, a não ser o pequeno destacamento que ela levara com ela para as operações de Niangbo. Com todo o arsenal de Sanniquellie, a NPFL tinha organizado muito bem sua defesa. Todos os bens de Onika tinham caído nas mãos do inimigo.

Onika se retirou, sentou-se, e o filho e as noras dela vieram rodeá-la. Soldados, crianças-soldados juntaram-se a eles. Todo esse pessoal reunido, em círculo, organizou um verdadeiro concerto de choradeira. Todo esse pessoal se pôs a chorar. Um grupo de bandidos saqueadores, criminosos da pior laia, chorando daquele jeito. Era preciso ver aquilo, valia a pena ver!

Depois de uma longa tarde de lágrimas, eles sentiram fome, eles sentiram sede. Eles se controlaram e levantaram. O pequeno exército se alinhou em duas fileiras, com Onika à frente. Eles botaram o pé na estrada na direção do caminho do norte para reencontrar as facções do ULIMO. Era lá que se encontravam os ULIMO, na maior desordem.

A gente (Yacuba, o bandido manco, e eu, o menino de rua) pegou o caminho do sul. Era para lá que tinha ido minha tia, Mahan. Como subsistência, a gente só tem nossas kalachs porque Alá nunca deixa vazia uma boca por ele criada.

Hoje, nesse dia 25 de setembro de 199... eu estou com o saco cheio. Com o saco cheio de contar minha vida, de compilar os dicionários, de tudo. Vão se foder. Eu fecho minha boca, não digo mais nada hoje... Gnamokodê (puta-que-pariu)! Faforo (sexo do meu pai)!

IV

Nós (isto é, o bandido manco, o multiplicador de notas de dinheiro, o feiticeiro muçulmano e eu, Birahima, o menino de rua sem eira nem beira, the small-soldier), nós estávamos indo para o sul quando encontramos nosso amigo Seku, com um pacote na cabeça, indo para o norte. A gente tinha se separado em Niangbo sem se despedir. Do mesmo jeito que os diúlas se encontram na floresta liberiana e fazem saudações atrás de saudações, a gente engatou saudações quilométricas. E no final dessas saudações, Seku saiu com uma tirada incrível. Todos os homens do universo inteiro tinham ficado cheios de ver os negros pretos africanos nativos se degolando entre eles como animais selvagens embriagados de sangue, na Libéria. O mundo inteiro tinha ficado cheio de ver que os bandidos saqueadores dividiam entre eles a Libéria cometendo atrocidades. (Atrocidades significa crimes horríveis.) As pessoas do mundo inteiro não queriam mais deixar os bandidos agindo como bem entendessem. Os Estados tinham se dirigido à ONU e a ONU tinha pedido à CEAO (Comunidade dos Estados da África Ocidental) que interviesse. E a CEAO tinha pedido à Nigéria que aplicasse a ingerência humanitária na Libéria. (Ingerência humanitária é o direito dado aos Estados de enviar soldados a outro Estado para irem matar pobres inocentes em sua própria terra, seu próprio país, sua própria aldeia, sua própria cabana, na própria esteira em que eles se sentam.) E a Nigéria, o país mais povoado da África e que tem um monte de militares, sem saber o que fazer, enviou à Libéria seu excedente de militares com o direito de massacrar a população inocente civil e todo mundo. As tropas da Nigéria chamadas tropas de interposição da Ecomog.[1] E as tropas da Ecomog operam agora por toda parte na Libéria e até mesmo em Serra Leoa, em nome da ingerência humanitária, massacram quem querem como bem entendem. Chamam isso de interposição entre as facções rivais.

Nós saudamos ainda mais o informador Seku, agradecemos por tudo e fomos embora. A gente não tinha andado muito, nem mesmo um dia inteiro, e já estava no campo ocupado pelos partidários de Prince Johnson. O campo era delimitado por crânios humanos espetados na ponta de estacas como em todas as casernas da guerra tribal.

Prince Johnson era o terceiro bandido saqueador. Um tipo que tinha como propriedade particular um pedação da Libéria. Mas era um príncipe, isto é, um bandido simpático, porque

---

1. Economic Community of West African States Cease Fire Monitoring Group (Grupo de Monitoramento do Cessar-Fogo da Comunidade Econômica dos Estados da África Ocidental). Em agosto de 2003, Charles Taylor finalmente aceitou entregar a presidência da Libéria mediante um acordo regional, sob garantias das Nações Unidas, que prevê eleições no prazo de dois anos. (N.E.)

ele tinha princípios. Ah, isso mesmo, grandes princípios. Porque ele era um homem da Igreja. Esse bandido tinha metido na cabeça princípios incríveis de grande senhor feudal, princípios de um honesto e desinteressado combatente da liberdade. Ele estabeleceu como lei que o chefe de guerra que, com armas em punho, tinha libertado a Libéria, não podia ainda solicitar o sufrágio dos liberianos. Seria contrário à ética (a ética, segundo o Petit Robert, é a ciência da moral); seria contrário à decência (a decência, segundo o Petit Robert, é o respeito dos bons costumes, das conveniências, do decoro). Ele meteu na cabeça outro princípio de grande senhor. Um combatente não saqueia, não rouba; ele pede o que comer ao morador. E, o mais engraçado (aposto que vocês não vão acreditar em mim!) é que ele aplica esse princípio. Walahê (em nome de Alá)!

E também todo guerrilheiro que chega até ele é preso e permanece preso; ele é obrigado a jurar que vai combater até a morte o chefe de guerra que quiser se apresentar ao sufrágio universal; o chefe de guerra que quiser ser presidente; o chefe de guerra que quiser comandar a Libéria, a pátria liberada bem-amada.

Yacuba e eu ficamos presos em condições horrorosas durante uma semana. No fim da semana, nós fizemos o famigerado juramento que não compromete ninguém. Não compromete ninguém porque ninguém teria nem tempo nem ânimo para julgar um guerrilheiro por perjúrio naquela puta zona que é a Libéria da guerra tribal. (Perjúrio significa, segundo o meu Larousse, falso juramento.) Depois desse falso juramento, os grigrimen submetem o recém-chegado a uns testes, um número incrível de testes. Ele tem que ficar pelado que nem uma minhoca e é aspergido com uma decocção.

A decocção fede a mijo. Dão voltas em torno da cabeça dele com um feitiço e uma cruz. O feitiço é pego com força por dois carregadores. No pescoço do carregador está pendurada uma grande cruz que representa Jesus Cristo morrendo. O carregador é tomado, sacudido com movimentos regulares. E outras idiotices desse tipo. Tudo isso para fazer o quê? Verificar se o recém-chegado não é um comedor de almas. Os comedores de almas, desses ele não queria saber. Prince Johnson já tinha demais na zona dele. Lá era um refúgio de comedores de almas. (Os negros pretos africanos nativos acham que os negros africanos se transformam de noite em coruja e roubam a alma de seus próximos e vão comê-la no meio da folhagem das árvores-da-manteiga, grandes árvores da aldeia. Definição de comedor de alma segundo o Inventário das particularidades.)

Yacuba e eu passamos pelos testes e, felizmente, não despertamos suspeitas como comedores de almas. (Suspeita significa dúvida desfavorável, inspirada ou concebida por algo.) Porque os comedores de almas são espancados e expulsos ou presos e torturados até que vomitem a bola de sangue que tem cada comedor de alma dentro de si. E isso, isso não é fácil, não é nem um pouco fácil para um comedor de almas cuspir sua bola de sangue. Ele é chicoteado que nem um cachorro ladrão e administram a ele um vomitivo capaz de fazer cagar até os cavalos. (Para os negros africanos nativos que compreendem bem o francês, administrar significa fazer tomar um medicamento.)

Quando Yacuba se apresentou como um grande grigriman, Johnson fez uma curta e piedosa oração cristã e terminou por: "Que Jesus Cristo e o Espírito Santo velem para que teus feitiços continuem sempre eficazes." Ele era profundamente cristão, Johnson. Yacuba respondeu: "Chi Alá la ho, eles hão de continuar." (Chi Alá la ho significa, segundo o Inventário das particularidades, que Alá assim o queira.) Ele, Yacuba, era profundamente muçulmano.

Johnson tinha um feiticeiro, um feiticeiro cristão. Nas receitas daquele feiticeiro, tinha sempre passagens da Bíblia e sempre a cruz aparecia em algum momento. (Receita significa procedimento para obter alguma coisa.) Johnson estava feliz por encontrar Yacuba, um feiticeiro muçulmano. Era a primeira vez que ele tratava com um muçulmano. Os combatentes iam completar os feitiços cristãos com amuletos constituídos pelos versículos do Corão garatujados em árabe. (Garatujado significa escrito sem esmero, sem cuidado.)

Eu fui automaticamente integrado à brigada das crianças-soldados, dos small-soldiers, dos children-soldiers com tudo, tudo mesmo. Kalach e uniforme de pára-quedista largo e comprido demais para mim. Mas lá a gente comia mal, mas comia mal demais. Mandioca cozida e em quantidade insuficiente. Eu logo tentei arranjar uma solução. Eu comecei a arranjar vários amigos. Com os amigos, a gente começou a se virar por conta própria. A gente saqueou e surrupiou comida. Surrupiar comida não é roubar, porque Alá, em sua excessiva bondade, Alá nunca quis deixar vazia durante dois dias uma boca por ele criada. Walahê (em nome de Alá)!

Para dizer a verdade, Prince Johnson era um iluminado. (Segundo o meu Larousse, iluminado significa visionário.) E não se discute com um visionário. A gente não vai engolindo tudo o que diz um visionário. (Engolir significa crer ingenuamente na veracidade do que foi dito ou prometido.) Samuel Doe, o ditador, entendeu isso tarde demais. Infelizmente, tarde demais! Ele entendeu quando viu, ele mesmo, com seus próprios olhos que a terra há de comer, seus membros se partindo pedaço a pedaço, peça a peça. Como as peças de um calhambeque caindo aos pedaços que alguém quisesse consertar.

Walahê! Era meio-dia, exatamente meio-dia, quando um oficial da Ecomog apresentou-se diante do campo de Johnson, diante do santuário de Johnson, no porto de Monróvia. Prince Johnson, como era seu costume, todo meio-dia, estava rezando, fazendo sua penitência. Ele estava rezando ajoelhado sobre pedregulhos, com os joelhos machucados pelos pedregulhos. Ele sentia dores.

O oficial anunciou que Samuel Doe estava no Estado-Maior da Ecomog em carne e osso, bem lá no centro de Monróvia. O Estado-Maior da Ecomog era um lugar neutro em que todo chefe de guerra, antes de entrar, tinha que ser desarmado. Samuel Doe tinha entrado no Estado-Maior da Ecomog, ele próprio sem armas, e seguido por seus noventa guarda-costas igualmente desarmados, com as mãos abanando, os braços vazios. Samuel Doe tinha entrado no Estado-Maior da Ecomog para pedir ao general-comandante que servisse de intermediário entre ele, Samuel Doe, e Prince Johnson. Ele pedia só uma coisa, uma única coisa a Johnson: uma entrevista com ele. Porque a Libéria estava cansada da guerra de seus filhos. Já que Johnson tinha rompido com Taylor, Samuel Doe podia se entender com Johnson. Ele queria pôr fim à guerra por meio de uma negociação com Johnson. A guerra tinha feito mal demais à querida pátria bem-amada.

Johnson gritou: “Senhor Jesus Cristo! Senhor Jesus Cristo!” E lambeu os beiços. Ele se recusava a acreditar naquilo, ele se recusava a pensar que Samuel Doe tinha vindo em pessoa até o campo da Ecomog. Ele agradeceu Jesus Cristo e todos os santos. E num instante ele se acalmou e falou exatamente no mesmo tom que Samuel Doe tinha falado. Ele, Prince Johnson, ele também estava cansado da guerra. Samuel Doe era um patriota, ele apreciava iniciativas de patriotas. Prince Johnson ia recebê-lo, recebê-lo e beijá-lo, beijá-lo na boca como se faz com um amigo. Eles iam conversar a sós como amigos, como patriotas, sobre os negócios da pátria bem-amada e abençoada que era a Libéria. E assim por diante.

O oficial já podia ir e, no campo da Ecomog, anunciar a Samuel Doe as boas falas de Johnson. O que fez o oficial. Samuel Doe ouviu aquelas palavras meladas e acreditou nelas. Ele esperou tranqüilamente Johnson fumando sentado numa poltrona do Estado-Maior da Ecomog.

Quando o oficial virou as costas, Johnson caiu numa gargalhada incontrolável, uma risada delirante. E disse a si mesmo murmurando:

"Eis aí um homem que fez muito mal ao povo liberiano, um homem do diabo." Ele se encontrava agora sem proteção bem no centro de Monróvia. E ele, Johnson, um homem da Igreja que tinha entrado na guerra tribal sob o comando de Deus. Deus tinha ordenado a ele, Johnson, que fizesse a guerra tribal. Que fizesse a guerra tribal para matar os homens do demônio. Os homens do demônio que faziam muito mal ao povo liberiano. E o primeiro desses homens do demônio era Samuel Doe. E Deus, como sempre, em sua infinita bondade, vinha assim oferecer a ocasião única a Johnson de acabar com Samuel Doe, aquele demônio. A voz do Senhor era clara, e ela pedia uma ação rápida.

Ele preparou um bom comando de cerca de vinte soldados bem aguerridos. Ele mesmo assumiu a chefia do comando. Eles esconderam as armas embaixo dos bancos do jipe.

As armas estavam bem escondidas; eles puderam passar pela primeira barragem da Ecomog, na qual os que chegam são obrigados a deixar as armas. A partir do momento em que eles se encontraram no interior do campo da Ecomog, eles tiraram as armas e começaram a massacrar os noventa soldados guarda-costas de Samuel Doe, subiram até o primeiro andar onde Samuel Doe estava conversando com o general ganense comandante da Ecomog. O comando mandou todo mundo deitar no chão e rendeu Samuel Doe. Eles amarraram os braços de Samuel Doe por detrás das costas, fizeram ele descer do primeiro andar e jogaram ele num jipe no meio de soldados armados até os dentes. Tudo isso foi feito muito depressa, na maior prontidão, os soldados da Ecomog não tiveram tempo para se organizar e reagir. O comando pôde forçar a porta da sede da Ecomog sem atirar. O comando levou Samuel Doe para o porto no santuário de Johnson (santuário significa lugar fechado, secreto e sagrado). Lá, ele foi desamarrado e jogado no chão.

E depois de ter jogado o outro no chão, entre chutes, socos, numa gargalhada delirante (delirante significa tomado por uma exaltação e um entusiasmo extremos), ele se encarniçou contra Samuel Doe, gritando: "É você o presidente da Libéria que faz a guerra para continuar presidente, homem do demônio! Um homem guiado pelo demônio. Você quer continuar presidente pelas armas. Presidente da República, presidente de todos os liberianos. Meu Senhor Jesus!" E ele pegou Samuel Doe pela orelha e fez ele sentar. Ele cortou as orelhas dele, a orelha direita, depois a esquerda: "Você quer discutir comigo. É assim que se discute com um homem do demônio." Quanto mais o sangue corria, mais Johnson ria às gargalhadas, mais ele delirava. Prince Johnson ordenou que cortassem os dedos de Samuel Doe, um depois do outro, e como o supliciado berrava que nem um bezerro desmamado, ele mandou cortar também a língua. Num rio de sangue, Johnson se encarniçava contra os braços, um depois do outro. Quando ele quis cortar a perna esquerda, o supliciado chegou ao seu limite: ele entregou a alma. (Entregar a alma é morrer.)

Foi nesse momento, somente nesse momento, que chegaram os oficiais da Ecomog no campo de Johnson. Eles correram para negociar a liberação de Samuel Doe. Eles estavam chegando tarde demais. Eles constataram o suplício e assistiram ao que veio depois. (Suplício significa punição corporal aplicada pela justiça.)

Johnson delirante, numa gargalhada só, dava as ordens. Arrancaram o coração de Samuel Doe. Para parecer mais cruel, mais feroz, mais bárbaro e desumano, um dos oficiais de Johnson comia a carne humana, isso mesmo, a carne humana de verdade. O coração de Samuel Doe foi reservado para este oficial que fez com ele um churrasquinho finíssimo e delicioso. Em seguida, montaram rapidamente um tripé instável e alto, fora da cidade, lá pelos lados da estrada do cemitério. Levaram para lá a carniça do ditador e jogaram em cima do tripé. Deixaram ela lá exposta para os carniceiros, durante dois dias e duas noites. Até que o urubu-rei, majestosamente, veio ele mesmo proceder à operação final. Ele veio arrancar os olhos, os dois olhos das órbitas. O urubu-rei tornava dessa maneira inoperante a força imanente de Samuel Doe e os poderes imanentes de seus inúmeros feitiços. (Imanente significa que está contido num ser, que resulta da própria natureza do ser.)

Depois disso, tiraram de lá a carniça que empesteava as redondezas num raio de um quilômetro de distância. Jogaram ela para a horda dos cães. A horda dos cães impacientes que, durante dois dias e duas noites, brigavam em meio a latidos e mordidas embaixo do tripé. Os cães se precipitaram sobre a carniça, abocanharam e dividiram-na entre eles. Eles fizeram uma boa refeição, um delicioso almoço.

Faforo (caralho do meu pai)! Gnamokodê (puta-que-pariu)!

A santa, a madre superior Maria Beatriz, transava como qualquer mulher no mundo. Só que era difícil imaginar a santa embaixo de um homem recebendo o amor, de tanto, de tanto que ela era fanchona. (Fanchona significa mulher de aspecto e atitudes masculinas.) Ela era mesmo forte e grande demais. O nariz dela era largo demais, os lábios grossos demais e as sobrancelhas pareciam de um gorila. E depois, o cabelo dela era cortado rente. E depois o occipital dela era cheinho de saliências que nem os homens. E depois ela usava batina. E depois, embaixo da batina, tinha uma kalach. E isso, isso é a guerra tribal que determina. Realmente, era mesmo difícil imaginar a santa beijando na boca Prince Johnson e indo para cama com ele para receber o amor. Walahê (em nome de Alá)!

Vamos começar pelo começo.

Maria Beatriz era a madre superior da maior instituição religiosa de Monróvia quando a guerra tribal estourou na capital. O bispo mandou dez soldados e dezoito crianças-soldados comandados por um capitão para proteger a instituição. O capitão instalou seus homens. E foi aí que grupos de saqueadores chegaram e atacaram a instituição. Os defensores entraram em pânico e logo foram dominados. Os saqueadores começaram a meter a mão em tudo que era coisa santa. (Meter a mão é saquear, apoderar-se, segundo o Petit Robert.) E aí então Maria Beatriz se aborreceu, tirou a touquinha de freira da cabeça, arrancou da mão de um soldado uma kalach. E deitou no chão. E metralhou e metralhou até dizer chega. Cinco saqueadores foram abatidos e os outros deram no pé, deram no pé sem pedir troco. A partir de então, Maria Beatriz tomou nas mãos, e mãos de ferro, a defesa da instituição. Ela comunicou ao capitão que ele e todos os seus homens deveriam agora obedecer a ela, e a ninguém mais.

Antes de atacarem a instituição, os saqueadores tinham se apoderado do bispado. Eles tinham torturado horrivelmente, antes de assassiná-los, o bispo e cinco padres, e os outros tinham fugido, desaparecido como gatunos. De maneira que no centro de Monróvia, apenas a instituição de Maria Beatriz funcionava. Todas as outras entidades católicas, todas as casas das redondezas da instituição tinham sido saqueadas, abandonadas por seus ocupantes. Foi então que Maria Beatriz mostrou seu valor, foi então que ela realizou verdadeiras proezas (proezas significa segundo o Larousse atos de heroísmo), foi então que ela passou a merecer seu galão de santa de verdade.

E é sempre a mesma coisa para santa Maria Beatriz, as jornadas de vinte e quatro horas parecem curtas demais, umas depois das outras. Depois de cada dia de trabalho, sempre ficava alguma coisa para a santa fazer no dia seguinte.

Maria Beatriz acordava às quatro horas da manhã, pegava a kalach que estava sempre ao alcance da mão durante a noite inteira. Isso, isso é a guerra tribal que determina. Ela punha a touquinha, o hábito, amarrava os laços dos sapatos.

Depois ela ia na ponta dos pés visitar os postos de guarda para surpreender as sentinelas. (Ponta dos pés significa abafando o barulho.) E ela sempre surpreendia os babacas das sentinelas roncando. Ela acordava eles com pontapés na bunda. Depois ela voltava, tocava o sino. As irmãs, o estabelecimento inteiro acordava para a oração matinal. Depois disso, todo mundo tomava o café da manhã porque o peditório do dia anterior tinha dado bons frutos. (Peditório significa ação de pedir para fins de caridade.)

Ela fazia vir o jipe sem capota, instalava-se do lado do motorista, claro, com a kalach e a touquinha. E retornava por volta das dez, onze horas. Todo dia, o mesmo milagre se produzia, o jipe chegava transbordando de víveres. (Víveres significa comida, provisões alimentares.) Ela passava então aos curativos. Os estropiados, os aleijados, os cegos juntavam-se em volta dela e das irmãs. Elas cuidavam deles vigorosamente. Depois elas entravam no claustro onde estavam deitados, misturados no chão, os doentes prestes a morrer. As irmãs cuidavam deles e a santa Maria Beatriz administrava a extrema-unção. Ela ia dar uma voltinha na cozinha e sempre pegava os espertinhos que se enfiavam no meio dos cozinheiros, roubavam e comiam os legumes crus. Ela dava umas pauladas neles, que nem a gente faz com cachorro ladrão. Eles gritavam e desapareciam.

Depois era a hora da refeição. Mas antes, todos agradeciam ao bom Deus por ele ter garantido o pão de cada dia. Depois da refeição, vinha o ensinamento religioso. Todo mundo ouvia o ensinamento religioso, inclusive os estropiados, os aleijados, os cegos e os que estavam prestes a morrer. Depois era hora dos curativos; sempre havia entre os feridos uns que precisavam de dois curativos por dia. Depois era hora da refeição da tarde, quando o peditório tinha dado bons frutos. E vinha a interminável oração da noite. Antes de ir para a cama, ela visitava pela última vez os postos vigiados por vagabundos que sempre cochilavam um pouco. E quando ela queria se livrar da touquinha e colocar a kalachnikov ao alcance da mão e finalmente ir para a cama para um sono bem merecido, já eram quatro horas da manhã e o maldito sol já estava pronto para dar as caras nesse país desgraçado que é a Libéria da guerra tribal.

O fato de a instituição de Maria Beatriz ter podido resistir durante quatro meses aos saqueadores era extraordinário. Parecia milagre. Alimentar umas cinqüenta pessoas naquela Monróvia saqueada, abandonada, durante quatro meses era extraordinário. Parecia milagre. Tudo o que Maria Beatriz tinha conseguido fazer durante os quatro meses daquele cerco era extraordinário. Parecia milagre. Maria Beatriz tinha realizado atos milagrosos. Ela era uma santa, a santa Maria Beatriz.

Apesar de todo mundo saber e dizer que Alá nunca deixa vazia uma boca por ele criada, todo mundo se espantou e todo mundo concordou que Maria Beatriz era uma verdadeira santa por ter alimentado tanta gente durante quatro meses. Ora essa, não vamos criar polêmicas, vamos dizer como todo mundo: santa Maria Beatriz. Uma verdadeira santa! Uma santa de touquinha e kalach! Gnamokodê (puta-que-pariu)!

No começo, na Libéria da guerra civil, da guerra tribal, só havia dois bandos: o bando de Taylor e o bando de Samuel Doe. Os dois bandos odiavam-se mortalmente, combatiam-se por causa de tudo. A facção de Prince Johnson não existia. (Facção significa grupo sedicioso no seio de um grupo mais importante.) Prince fazia parte do bando de Taylor; Prince era o general mais aguerrido, mais eficaz, o mais prestigioso dos homens de Taylor. Isso até o dia em que Prince teve uma revelação. A revelação que ele tinha uma missão. A missão de salvar a Libéria. De salvar a Libéria opondo-se à tomada do poder por um chefe de guerra que, com armas nas mãos, tinha combatido pela libertação da Libéria.

A partir desse dia, ele rompeu com Taylor. Porque Taylor queria tornar-se presidente. Ele se retirou com os melhores oficiais de Taylor e se declarou inimigo jurado de Taylor. (Inimigo jurado significa, segundo o Larousse, adversário encarniçado, que não se oculta ou dissimula.) Samuel Doe o ditador ouviu as fulminações dele em relação a Taylor. (Fulminações significa ameaças.) E Samuel Doe acreditou no que ouviu e pensou encontrar em Johnson um aliado natural, um amigo com o qual era preciso negociar. Todo mundo sabe o que aconteceu depois, o que isso custou. Um oficial fez do coração de Samuel Doe um churrasquinho delicioso e o urubu-rei fez dos seus olhos um almoço refinado num meio-dia sob o céu sempre carregado de Monróvia.

Depois da ruptura com Taylor, Prince Johnson tinha que dar um jeito na subsistência de todos os que o tinham seguido. Todos os que tinham confiado nele; um verdadeiro batalhão. Cada um com seu bando e sua família. E mesmo sendo verdade que Alá nunca deixa vazia uma boca por ele criada, a coisa não era fácil. Mas não era mesmo! Faforo (caralho do meu pai)!

Ele começou por atacar um posto de fronteira da NPFL (a Frente Nacional Patriótica) a fim de receber, ele também, as taxas de alfândega, as taxas de alfândega da Libéria independente. Ele atacou com meios poderosos; diversas vagas de combatentes, granadas ofensivas, morteiros, canhões. O ataque durou tantos dias que as forças de interposição da Ecomog foram alertadas e tiveram tempo de vir. (Alertado significa avisado para ficar pronto.) Elas chegaram com meios ainda mais poderosos. Essas forças não se interpuseram; elas não quiseram correr nenhum risco inútil. (Explico aos africanos pretos nativos a palavra risco. Significa perigo, inconveniente possível.) Elas não se preocuparam com detalhes, e deram tiros de canhão para todo lado, apontando tanto para os agressores como para os agredidos. Elas bombardearam até não poder mais, na maior zoeira. Elas fizeram num dia inúmeras vítimas inocentes. Mais vítimas que tinham feito durante a semana inteira os combates entre as facções rivais. Quando o barulho chegou ao fim, as forças de interposição recolheram os feridos. Os feridos foram evacuados para hospitais de campanha da Ecomog. Elas procederam ao balanço no próprio local. Este é o papel delas, a missão delas. Elas estabeleceram que era Johnson que dominava o terreno. Era ele o mais forte. Então era Johnson que devia explorar o posto. Sob a vigilância delas.

A partir de então, Johnson podia cuidar dos mortos. Nós cavamos uma cova comum para os nossos mortos, inúmeros mortos. Entre os mortos havia três crianças-soldados. Três crianças de Deus, disse a santa. Não eram amigos meus. Eles se chamavam: Mamadu, o maluco, John, o orgulhoso, Bukary, o maldito. Eles morreram porque Alá quis. E Alá não é obrigado a ser justo em tudo o que faz. E eu, eu não sou obrigado a fazer a oração fúnebre por essas três crianças-soldados.

As preces do enterro foram dirigidas por Johnson em pessoa. Depois das preces, cercamos a cova comum e levantamos nossas armas para o alto. Fizemos uma salva de tiros como adeus. (Salva significa, segundo o Petit Robert, descarga simultânea de armas de fogo.)

Mas os ecos do combate pela tomada do posto de fronteira tinha se espalhado por toda a parte. (A palavra ecos significa rumores, notícias.) Havia tantos mortos, tanto sangue, uma tremenda bagunça, que todos os comerciantes estrangeiros passaram a evitar o posto de fronteira.

Nós (isto é, os membros do bando de Johnson) pensamos que aquilo era provisório. Nós esperamos durante longas semanas. Ninguém veio se apresentar no posto de fronteira. Não havia nada para saquear, a gente era mal pago e comia mal. A gente começou a reclamar. Soldados começaram a desertar. (Desertar significa abandonar seu posto.) Johnson entendeu; Prince abandonou o posto da fronteira. Ele abandonou o posto bem como os túmulos dos que tinham morrido para investi-lo de poder. Faforo (caralho do meu pai)!

O problema de recursos permanentes e seguros continuava existindo. Era preciso tomar uma decisão. Até os grigrimen como Yacuba começavam a reclamar; eles comiam mal e não eram pagos pelos grigris que fabricavam. Dessa vez, Johnson atacou uma cidade aurífera e diamantária controlada pelos partidários de Samuel Doe, os do ULIMO (United Liberation Movement for Democracy in Liberia). Ele agiu do jeito dele (um cão vagabundo nunca muda sua maneira desavergonhada de se coçar). Ele agiu com meios poderosos. Granadas, morteiros, uns atrás dos outros. Os invasores agüentaram heroicamente. O sangue correu, houve muitos mortos. O combate durou vários dias. As forças de interposição da Ecomog foram alertadas. Elas puderam chegar. Essas forças não se interpuseram; elas não correram nenhum risco inútil. Elas não se preocuparam com detalhes, e bombardearam para todo lado, apontando tanto para os agressores como para os agredidos, os bairros, o bairro dos nativos, os negros pretos africanos nativos, o bairro dos trabalhadores. Depois de esmagar tudo, quando não havia mais ação alguma tanto do lado dos agressores quanto dos agredidos, as forças pararam o massacre. As forças da Ecomog recolheram os feridos. Eles foram evacuados para hospitais de campanha. Elas avaliaram as posições de força dos presentes. Esse é o papel delas, a missão delas, o dever delas. Elas estabeleceram que era Johnson que controlava o terreno. Portanto era Johnson que devia controlar a cidade, e comandar a exploração das minas.

Recolheram os mortos. Muitos mortos. Apesar dos feitiços muçulmanos e cristãos, quatro crianças-soldados foram arrebentadas, estraçalhadas pelos obuses. Elas estavam mais que mortas, estavam duas vezes mortas. Os restos mortais foram enfiados na cova comum com os outros mortos. No momento de fechar a cova comum, Johnson chorou. Era cômico ver um bandido saqueador, um criminoso que nem Johnson se derretendo em lágrimas daquele jeito, de tanto que ele estava com raiva da Ecomog. Ele vestiu o hábito de monge para a ocasião e rezou e falou. Ele disse como a santa Maria Beatriz que as crianças-soldados eram as crianças do bom Deus. Deus as tinha dado, Deus as pegava de volta. Deus não é obrigado a ser justo sempre. Obrigado, Deus misericordioso. Aquilo valeu por uma oração fúnebre, o que me dispensou de fazer uma oração fúnebre que eu não tinha a mínima vontade de fazer. Isso mesmo, obrigado, Deus misericordioso.

Mas a tomada da cidade diamantária e aurífera tinha provocado tantos mortos, tanto sangue, que todo mundo tinha fugido da região. Ninguém queria voltar; os patrões associados não queriam voltar. Sem patrões associados, nada de exploração, nada de taxas a cobrar, nada de dólares americanos. Johnson se encontrava na situação que ele tinha vivido antes do ataque da cidade diamantária. E o tempo era curto, os soldados e suas famílias, as crianças-soldados, os homens do batalhão começavam a resmungar. Eles tinham feito sacrifícios inúteis demais; eles estavam impacientes. Era preciso fazer alguma coisa, encontrar alguma solução gnona-gnona.

Johnson voltou para Monróvia. Em Monróvia, tinha sobrado apenas a instituição da santa Maria Beatriz. A madre superior Maria Beatriz mantinha sozinha a instituição. Ela era orgulhosa; ela era provocadora. (O que quer dizer que ela provocava, o que significa incitar alguém, desafiar alguém de maneira a obter uma reação violenta.)

E circulavam... circulavam mil rumores sobre o que existia no interior da instituição. Muita comida boa, muito ouro e um montão de maços de dólares americanos. Tudo isso enfiado em porões imensos que se estendiam, que se prolongavam por metros e metros.

Prince Johnson quis tirar a história a limpo. (Tirar uma história a limpo é ir saber o que há de verdadeiro em tudo o que se diz.) Johnson decidiu atacar a instituição. Ele começou por enviar um ultimato à madre superior, a santa Maria Beatriz. (Ultimato significa proposição precisa que não admite mais nenhuma contestação.) Esse ultimato pedia à madre que se declarasse oficialmente partidária da única força legítima da Libéria, comandada por Johnson. A madre respondeu que sua instituição só abrigava crianças, mulheres, freiras e alguns pobres diabos. (Pobre diabo significa homem pobre, miserável.) A única coisa que ela pedia a todo liberiano digno deste nome era um pouco de esmola, um pouco de misericórdia. Ela não tomava o partido de ninguém.

Aquilo não era uma resposta, e sim uma recusa. Era um cacareco de resposta, uma afronta. (Afronta significa injúria pública, ofensa lançada contra alguém.) Prince Johnson aborreceu-se e, em represália, condenou a instituição a pagar impostos a seu governo como contribuição ao esforço de guerra, e o montante deles era de trezentos dólares americanos. E imediatamente.

Aquilo não era justo; era a lei do mais forte, como na fábula de La Fontaine "O lobo e o cordeiro", que aprendemos na escola. E foi a vez da santa de se zangar. Ela berrou, jogou a touquinha no chão, mandou à merda os emissários (mandar à merda significa dar licença para sair):

— Digam a Johnson que não tenho trezentos dólares e que me deixe em paz, me deixe buscar comida para as crianças, mulheres e os velhos. E pronto.

Era a resposta que estava esperando Prince. Prince decidiu atacar.

Eu, Birahima, menino de rua que virou criança-soldado, fazia parte da primeira brigada encarregada do ataque à instituição da madre Maria Beatriz. Nós éramos umas dez crianças-soldados. Tinham drogado a gente, mas não muito. Porque a gente tinha que ir devagarinho, sem despertar a atenção das forças de interposição. Se tivessem drogado a gente demais, a gente teria feito muito barulho e muita besteira. A gente se sentia forte porque acreditava nos feitiços. A gente tomou de assalto a instituição às três horas da manhã numa noite de luar. Ah, mas não houve surpresa; a santa estava informada. A gente topou com uma resistência forte. Três invasores foram liquidados e os outros obrigados a se jogar no chão e recuar. De tanto que a instituição cuspia tiros de metralhadora. Era a própria madre, a própria santa que atirava e tudo.

Johnson mandou recolher os corpos doni-doni (o que significa com cuidado, com cuidado) e se retirou. Ele tinha se enganado: ele tinha pensado que aquilo seria que nem um passeio para as crianças-soldados. Não, não era bem assim. Era preciso se preparar, atacar com mais meios e sobretudo com mais método e inteligência.

Três crianças-soldados tinham acabado de morrer apesar dos feitiços muçulmanos e cristãos. Walahê! Nós enterramos os três na alvorada, às escondidas. Johnson chorou e rezou de batina. A santa chamava as crianças-soldados de crianças de Deus. Três crianças de Deus tinham acabado de morrer. Eu tinha que recitar as orações fúnebres delas, de acordo com a regra. Eu não tinha vivido muito tempo com elas. Eu não conhecia elas muito bem. O pouco que eu conhecia delas dava para saber que eram crianças do Diabo, e não de Deus. Todas as três eram uns gatunos do cão, uns drogados, criminosos, mentirosos. Numa palavra: uns malditos. E eu não sou obrigado a nada. Eu não sou obrigado, e não vou rezar por elas. Gnamokodê (puta-que-pariu)!

Johnson pensou durante dois dias naquela situação. Durante dois dias, todo meio-dia, ele ficou pensando na instituição da santa Maria Beatriz, ajoelhado sobre pedregulhos, com os joelhos machucados pelos pedregulhos. A solução apareceu.

Na terceira noite ele voltou a atacar, sempre escondido, para não chamar a atenção, para não provocar suspeitas nas forças de interposição da Ecomog. Uns vinte soldados, em vez de atacar frontalmente, atacaram a instituição por trás... E na surpresa. Ah... a surpresa não funcionou. De novo era a própria madre, a santa, que se encarregava de metralhar. Ela metralhou tanto e durante tanto tempo, sem trégua, e infligiu duras perdas aos invasores. (Infligir é submeter a alguma coisa de desagradável.) Este segundo ataque, como o primeiro, terminou num fracasso. Houve um terceiro ataque de noite, às escondidas que, como o primeiro e o segundo, foi um fiasco total. (Fiasco significa, segundo o Larousse, fracasso total.)

Então Prince se aborreceu, e apertou os cintos de verdade. (Apertar os cintos de verdade é uma expressão dos negros pretos africanos que significa, segundo o Inventário, levar a coisa a sério, pegar o touro pelos chifres.) Em pleno dia, exatamente ao meio-dia, ele empregou a artilharia. Os canhões atingiram e arrancaram o sino da igreja e destruíram o grande prédio central de três andares da instituição. Aí então a santa foi obrigada a se entregar. Ela saiu de sua instituição fumegante, agitando uma bandeira branca. Seguiam-na duas colunas de freiras com touquinhas e um monte de terços e tudo mais, por sua vez seguidas por uma horda de miseráveis.

As forças da Ecomog foram surpreendidas pela brutalidade, pela subitaneidade do ataque. (Subitaneidade significa o caráter de algo que se produz, que se faz de maneira repentina.) Elas acreditaram num ataque de envergadura entre as facções. (Ataque de envergadura significa ataque de grande alcance e poder.) Elas mandaram tocar o alarme. Elas ordenaram a todos os soldados que ficassem de alerta, o Estado-Maior inteirinho se reuniu. Durante uma tarde inteira. Quando a reunião acabou, para a surpresa de todos, reinava a mais completa calma em Monróvia, a terrível. Elas despacharam uma patrulha motorizada bem armada para ir ver o que estava acontecendo. A patrulha chegou e encontrou Johnson e a santa de mãos dadas. Conversando que nem dois camaradas que fizeram a iniciação juntos.

Prince Johnson tinha deixado a coluna avançar até uma dezena de metros dele e ele tinha notado, ah!, que surpresa, que a madre se parecia com ele, Johnson, como se fosse um outro ele mesmo. Ele tinha mandado ela parar e tinha ficado olhando para ela um tempão, dos pés até a touquinha. Não tinha o que fazer: ela se parecia demais com ele. Ele tinha mandado arrancar a touquinha; a semelhança era ainda mais perturbadora. Eles tinham todos dois a mesma corpulência, o mesmo nariz, a mesma testa, o mesmo ocipital saliente. Prince tinha ficado por algum tempo maku, boquiaberto. (Ficar boquiaberto, vou explicar pela segunda vez, é ser surpreendido por algo; ficar admirado de espanto, de surpresa, segundo meu Inventário das particularidades lexicais.)

Johnson tinha refletido durante alguns instantes e depois tinha se soltado jogando-se no pescoço da santa e beijando ela na boca. Depois desses beijos e abraços calorosos, Johnson e a santa tinham dado as mãos e tinham batido papo como se se conhecessem há muito, muito tempo.

Foi nesse momento que chegou a patrulha da Ecomog armada até os dentes.

Johnson e a santa papearam como se sempre tivessem vivido juntos. Diante de todo mundo, os pobres diabos, as freiras com as touquinhas, os guerrilheiros armados. Esse pessoal todo completamente pasmado. (Pasmado significa muito surpreso, espantadíssimo, segundo o meu Larousse.)

O general Prince Johnson explicou que ele estava procurando há muito tempo um chefe para sua brigada feminina. Ele propôs o cargo à santa e a nomeou coronel. E sem mais delongas ele quis condecorá-la com os galões. (Sem mais delongas significa imediatamente.) Ela recusou a patente de coronel. A resposta era não: aquele não era o objetivo dela. Ela era santa, ela preferia permanecer santa. Ela preferia cuidar dos pobres, dos velhos, das velhas, das mães sem recursos, das freiras e de todos os infelizes que a guerra tribal tinha jogado na rua. Johnson não podia recusar coisa alguma à santa; ele compreendeu a madre superiora, a santa Maria Beatriz.

Os dois, sempre de mãos dadas, dirigiram-se para a instituição. Eles a visitaram, constataram os enormes estragos causados pelos tiros de canhão. Johnson declarou sentir muito, ele exprimiu seu sincero arrependimento. Ele estava muito sensibilizado; ele rezou e quase chorou. Depois de ter dado três voltas na instituição, Johnson não viu porão nenhum, nem entrada alguma de porão. Nada. Ele simplesmente perguntou. Agora que a santa tinha reconhecido seu poder, agora que a santa tinha se tornado amiga, a boa governança (significa gestão) pressupunha que todas as riquezas fossem transferidas para o governo de Johnson. A boa governança pressupunha que todas as riquezas fossem gerenciadas pelo novo governo.

— De que riquezas você está falando?

— Do ouro, dos maços de dólares americanos, da comida que você tem escondida nos porões da instituição. Onde fica a entrada dos porões?

— Nós não temos porões.

— O quê? Vocês não têm porões?

A madre superiora repetiu que a instituição não tinha porões. Ela respondeu que não tinha nada de verdadeiro em todas aqueles boatos que circulavam sobre a instituição. A instituição não tinha nada a esconder. Nada. Ela convidou Johnson a verificar: Johnson mandou vasculhar de cabo a rabo a instituição. (De cabo a rabo significa completamente.) Os homens não encontraram nenhum dólar. Nem um único dólar.

Johnson, sempre cético (cético significa que duvida do que não é provado pela evidência), perguntou:

— De onde você tira os dólares que usa para ir ao mercado todo dia?

— É a esmola da gente de bem, a esmola dos crentes. Deus nunca deixa vazia uma boca que ele pôs no mundo.

— Ah, essa agora! Essa agora! (Johnson deu várias voltas em torno de si mesmo.) Não é possível, isso não é verdade.

Johnson continuava cético, muito cético. Faforo (caralho do meu pai)! Gnamokodê (puta-que-pariu)!

A tomada da instituição não tinha resolvido o problema dos recursos seguros e permanentes para o bando de Johnson. Muito pelo contrário, ela só tinha acrescentado centenas de bocas para comer, sem aumentar as riquezas. As organizações não-governamentais, todos os bons corações que intervinham quando a madre era independente, hesitariam em ajudar uma instituição filiada ao bando de Johnson. Os pobres diabos, as mães das crianças e as próprias crianças gritavam de fome sem parar. Johnson tinha uma dívida moral para com a instituição, a santa madre e todos seus pensionistas. Johnson teria realmente querido dar à santa sua independência, sua liberdade. Mas era tarde demais. O país inteiro tinha assistido ao combate heróico da santa e à sua subordinação. (Subordinação significa, segundo o Larousse, dependência de uma pessoa em relação a outra.) Por causa dessa subordinação, ele devia uma ajuda à santa.

Era preciso andar gnona-gnona (dare-dare), o bando de Johnson tinha que encontrar alguma solução.

A Companhia Americana de Borracha era a maior plantação da África. Ela cobria um enorme terreno de quase cem quilômetros quadrados. Na verdade, todo o sudeste do país pertencia à companhia. Ela pagava um monte de royalties. (Royalties significa débito que se tem para com o proprietário de uma patente ou de um solo sobre o qual são exploradas certas riquezas.) Os royalties eram divididos entre as duas antigas facções, o bando de Taylor e o bando de Samuel Doe. Johnson, quando acabou rompendo com Taylor, pediu imediatamente que os royalties fossem repartidos em três partes. Ele pleiteava a mesma primazia para sua facção que, segundo ele, merecia também uma parte. (Pleitear a primazia significa pedir, tentar obter a mesma superioridade de categoria.) Os dirigentes da empresa não viam as coisas com os mesmos olhos. Eles hesitavam; eles temiam represálias por parte das duas facções. (Represálias significa, segundo o Petit Robert, medidas repressivas infligidas a um adversário para se vingar do mal que ele causou.) Eles tergiversavam, tergiversavam. (Tergiversar significa utilizar desvios, hesitar a fim de retardar uma decisão.) Então Johnson decidiu agir como homem, como um homem de bangala duro. (Agir como homem, segundo o Inventário das particularidades, é agir com coragem.)

Ele raptou dois funcionários brancos da plantação. Quando ele conseguiu botar os dois em lugar seguro, ele enviou um ultimato aos dirigentes da plantação. Nesse ultimato, que ameaça ele fazia? Ele dizia que se em vinte e quatro horas não tivesse recebido sua parte dos royalties, eles iam receber as duas cabeças dos dois brancos espetadas na ponta de uma das forquilhas carregadas por duas pessoas. Sem falta! Sem falta! E todo mundo sabia que o iluminado Johnson era bem capaz daquilo; ele ia fazer o que dizia.

Walahê! Na mesma noite, três outros funcionários brancos vindos da plantação se apresentaram no portão do campo de Johnson. Eles chegaram como amigos, mas não de mãos vazias. Eles vinham trazendo pastinhas de homens de negócio, seis pastinhas, duas por pessoa. A gente não viu o que tinha dentro delas...

Eles estavam com pressa, queriam ser recebidos por Johnson gnona-gnona. Como alguém que está com caganeira e tem que ir correndo para a latrina, atrás da cabana. Johnson recebeu-os bem. Eles discutiram como verdadeiros camaradas. Johnson deu tapinhas nos ombros deles, rindo às gargalhadas. Depois os brancos saíram do campo em cinco; três e depois dois. E com cinco cabeças plantadas no pescoço. Faforo (caralho do pai)!

Os royalties caíam bem no fim do mês, todo fim de mês. Johnson decidiu que aquilo merecia ser festejado. Organizaram uma grande festa no campo. Pagaram os salários atrasados. Até as crianças-soldados receberam dólares para comprar haxixe. Todo mundo estava dançando, bebendo, comendo, se drogando. No meio da festa, Johnson mandou parar as festividades. Era preciso pensar nos mortos, nos inúmeros mortos que tínhamos deixado na cidade da fronteira e na cidade diamantária. A santa tinha sido convidada na qualidade de coronel. Ela recusou; ela não tinha tempo. Ela cuidava o tempo todo de seus pensionistas. Ela preferiu receber os dólares que iam ser gastos para convidá-la. Ela podia dar um destino mais útil àqueles dólares. Os dólares americanos e não liberianos foram entregues a ela.

Agora estava tudo em ordem. Os recursos não eram suficientes, mas entravam regularmente e permitiam que todo mundo comesse alguma coisa uma vez por dia.

Mas havia os bandidinhos de quinta categoria que queriam ser reconhecidos como facções. Como facções com direito a uma parte dos royalties e, para isso, eles se divertiam entrando na plantação, seqüestrando funcionários e pedindo pagamento de resgate. Os resgates eram pagos em dólares americanos novinhos em folha pelos responsáveis da plantação. (Novinhos em folha significa que as notas nunca tinham sido usadas.)

Aquela prática condenável dos bandidinhos de quinta categoria deu certas idéias a Johnson. Johnson podia pôr um fim àquela prática dos bandidinhos de quinta categoria e obter um salário para proteger os funcionários da plantação. Receber um terço dos royalties era muito bom, mas proteger a plantação inteira contra os bandidinhos de quinta categoria podia dar uma boa grana. Ele pensou no assunto durante longas sessões de penitência do meio-dia.

Numa manhã, Johnson em pessoa, escoltado por cinco jipes, dois na frente, três atrás, cheios de guerrilheiros armados até os dentes, apresentou-se diante do portão principal da plantação. Ele queria ser recebido pelo presidente. Acompanharam ele até o presidente. Ele discutiu com o presidente como amigo. Ele lhe falou das ações dos bandos de bandidinhos de quinta categoria. Ele condenou essas ações que prejudicam a imagem da Libéria inteira. Era preciso pôr um fim a tais ações e ele, Johnson, podia impedi-los de continuar prejudicando. Ele oferecia seus serviços para pôr fim à prática dos bandidinhos de quinta categoria.

O presidente, pacientemente, explicou a Johnson que o fato de confiar a proteção da plantação a ele, Johnson, significava tomar partido, significava reconhecer Johnson como a única autoridade da Libéria. E isso ele não queria fazer. As outras facções não deixariam a coisa barata.

Johnson respondeu que sua proteção seria secreta; que o acordo entre eles seria secreto. Ninguém saberia que a plantação estava sob a proteção de Johnson. O presidente explicou que ele não tinha o direito de assinar um acordo secreto com uma facção e que, de qualquer maneira, no final aquele segredo acabaria sendo conhecido por todo mundo.

Johnson não pareceu convencido. De jeito nenhum. O cara voltou a pôr a cabeça para pensar. Durante três dias, ao meio-dia, no decorrer das sessões de oração, de penitência, o cara se pôs a refletir (a gente se lembra que todo dia ao meio-dia, o cara rezava ajoelhado sobre pedregulhos, com os joelhos machucados pelos pedregulhos). O cara se pôs a procurar outros meios para obter a proteção da plantação contra os bandidinhos de quinta categoria por meio de um acordo secreto. Esse acordo secreto, era preciso fazê-lo djogo-djogo (djogo-djogo significa custe o que custar). Durante os três dias de reza, o leitmotiv djogo-djogo ecoava na cabeça dele que nem as palavras Jesus Cristo e Nosso Senhor. (Leitmotiv significa palavra, fórmula que se repete sem parar.) No final do terceiro dia, um sorriso iluminou o rosto dele. O cara acabava de arranjar a solução.

Duas semanas depois, na plantação, constataram o desaparecimento de três trabalhadores. Procuraram eles em vão por toda parte. Numa manhã, viram Johnson em pessoa chegar na plantação. Junto com ele, vinham três pobres trabalhadores. Os três trabalhadores estavam de cueca. Johnson declarou rindo e bebendo sua cerveja com o presidente que seus homens, durante uma patrulha de rotina, tinham arrancado os trabalhadores das mãos dos bandidinhos de quinta categoria. Johnson entregou os trabalhadores na maior pompa ao presidente da plantação. (Pompa significa utilização de aparato faustoso e de grande ostentação durante um cerimonial.) O presidente agradeceu a Johnson calorosamente e quis dar a ele um monte de dólares. Johnson recusou os dólares. O presidente não tinha entendido nada.

Um mês depois, desapareceram três trabalhadores e dois empregados negros pretos africanos da plantação. Procuraram eles em vão por todo lado. Numa manhã, Johnson em pessoa veio até a plantação. Num dos jipes do séquito dele, havia cinco pessoas, mas completamente peladas. Johnson declarou que os homens dele tinham conseguido arrancar *in extremis* os três ao suplício dos bandidinhos de quinta categoria. (*In extremis* significa no último instante.) Johnson entregou-os ao presidente cheio de compaixão. Cheio de compaixão porque os três trabalhadores estavam incompletos: tinham amputado a mão direita deles, e dos funcionários negros, as duas orelhas. O presidente agradeceu duas vezes a Johnson, por sua compaixão e por ele ter podido arrancar seus funcionários e trabalhadores dos bandidinhos de quinta categoria. Johnson, mais uma vez, desdenhou os dólares americanos novinhos em folha. Ele estava vendo muito mais longe, e esperava muito mais. O presidente continuava não entendendo nada.

Um mês e duas semanas depois, desapareceram quatro trabalhadores, três funcionários negros pretos africanos e um branco americano da plantação. Um branco de verdade. Em vão procuraram eles por todo lado na floresta liberiana. Numa manhã, Johnson em pessoa veio até a plantação. Num jipe de seu séquito, havia dois funcionários africanos. Eles estavam pelados, mas não estavam completos: faltavam as mãos e as orelhas; tinham amputado as mãos e as orelhas deles. Tinha também um trabalhador: ele também estava incompleto. Tinham amputado o corpo dele inteirinho, só tinha sobrado a cabeça do trabalhador espetada na ponta de uma vara; o corpo inteiro estava faltando. O presidente urrou forte, muito forte o assombro que sentiu, a indignação e o horror. (Horror significa impressão violenta que provoca a visão de uma coisa horrorosa e repugnante.) E Johnson, com um sorriso, declarou tranqüilamente que aquilo não era nada, que os bandidinhos de quinta categoria conservavam com eles quatro negros e um branco. E que se os homens dele não interviessem com tudo, se eles não multiplicassem os esforços, seria tarde demais. Só encontrariam depois as cabeças, as cinco cabeças espetadas em cinco forquilhas. Aí então o presidente sacou direitinho o recado. (Sacar direitinho o recado é compreender, entender completamente uma mensagem).

O presidente puxou Johnson pela mão, levou-o para uma sala. Os dois discutiram acirradamente e por muito tempo e no fim assinaram os dois um acordo secreto. Segundo este acordo, a facção Johnson, em troca de um montão de dólares, protegeria toda a plantação contra os bandidinhos de quinta categoria. Naquela noite mesmo Johnson veio até a plantação acompanhado dos cinco outros empregados que faltavam. Eram cinco pessoas; eram cinco pessoas peladas, mas completas. Não faltavam nem orelhas nem mãos, nem corpos inteiros. Os homens de Johnson tinham multiplicado os esforços. E djogo-djogo Johnson tinha obtido seu acordo secreto.

Houve uma festa no acampamento. Todo mundo dançou. Johnson de batina de padre com a kalach rebolou até não mais poder e acabou dando cambalhotas, e dançando a dança do macaco. Walahê (em nome de Alá)! Faforo (caralho do coitado do meu pai)!

O segredo, enquanto segredo mesmo, teve vida curta e só durou cinco dias; no sexto dia a Libéria inteira, de Monróvia até o último recanto do país, sabia que Johnson tinha assinado um acordo secreto com o presidente da plantação.

As outras facções não deixaram por menos. Mas não deixaram mesmo. Os chefes dessas outras facções logo se apresentaram na plantação e pediram para ser recebidos pelo presidente. Eles apresentaram ultimatos escritos na devida forma. (Na devida forma significa redigido em conformidade com a lei e revestido de todas as formalidades necessárias.) O presidente, para se safar, decidiu repartir a vigilância das cercanias da plantação em três ou quatro partes, cada uma delas sendo atribuída a uma facção. Aí então foi a delimitação dessas partes que trouxe problemas. (Delimitação significa estabelecimento de marcas, de limites.) Na impossibilidade de obter um acordo para todas as propostas razoáveis vindas de sua parte, o presidente declarou às facções que tratassem de se entender sozinhas. O que equivalia a jogar um osso só para três canzarrões turbulentos de impaciência. (Canzarrões é o plural de canzarrão, que significa enorme cão de guarda.) Então foi a guerra generalizada na plantação inteira.

As forças de interposição da Ecomog chegaram. Elas esmagaram todo mundo com bombas. E todo mundo se dispersou. Nós (isto é, o feiticeiro muçulmano, o bandido manco

Yacuba e eu, o menino de rua, a criança-soldado sem eira nem beira), nós fomos parar jogados, graças aos sacrifícios aceitos (significa por sorte), numa desgraçada duma aldeia nas cercanias da plantação. Porque Alá não é obrigado a ser justo em tudo o que faz.

Nessa desgraçada aldeia... Adivinha! Surpresa! A gente encontrou de novo nosso amigo Seku. Seku, o amigo de Yacuba, o multiplicador de notas de dinheiro igual a Yacuba. Seku deu notícias da minha tia. Ela tinha posto o pé na estrada na direção da Serra Leoa, para a casa do tio de Serra Leoa. Agora então a gente não queria mais, a gente não podia mais voltar para o Johnson. Por todos os meios possíveis, era preciso ir para Serra Leoa.

V

Serra Leoa é um verdadeiro puteiro, isso mesmo, um puteiro do cão. Diz-se de um país que ele é simplesmente um puteiro quando os bandidos saqueadores dividem entre eles o país, como na Libéria; mas quando, além dos bandidos, diversas associações e democratas se metem, aí a coisa vira um puteiro do cão. Em Serra Leoa, tinham entrado na dança a associação dos caçadores, o Kamajor, e o democrata Kabbah, além dos bandidos Foday Sankoh, Johnny Koroma, e alguns bandidinhos de quinta categoria. Por isso é que se diz que, em Serra Leoa, reina um verdadeiro puteiro do cão, mais do que um simples puteirinho pequeno. Em pidgin, chama-se Kamajor a respeitável associação dos caçadores tradicionais e profissionais. Faforo (caralho do meu pai)!

Em nome de Alá clemente e misericordioso (Walahê)! Comecemos pelo começo.

Serra Leoa é um pequeno Estado africano desgraçado e perdido entre a Guiné e a Libéria. Este país foi um ninho de paz, de estabilidade, de segurança durante mais de um século e meio, do início da colonização inglesa em 1808 até a independência, no dia 27 de abril de 1961. (Um ninho de paz significa um refúgio, um abrigo de paz.) As coisas eram muito simples durante esse longo período. No país, do ponto de vista administrativo, havia duas categorias de indivíduos: primeiro, os súditos britânicos, grupo que compreendia os tubabs colonos colonialistas ingleses e os crioulos ou criôs; e depois, os súditos protegidos, grupo constituído pelos negros pretos africanos selvagens do mato. Os criôs ou crioulos eram os descendentes dos escravos liberados vindos da América. Walahê! Os negros pretos nativos trabalhavam duro que nem animais selvagens. Os criôs ficavam com os empregos de funcionários na administração e nos estabelecimentos comerciais. E os colonos colonialistas ingleses e os libaneses ladrões e corruptores embolsavam os lucros. Os libaneses vieram bem depois, entre as duas guerras. Os crioulos eram negros pretos ricos inteligentes superiores aos negros pretos nativos selvagens. Havia entre eles muitos bacharéis em direito e outros diplomados em estudos superiores, por exemplo, doutores em medicina.

Com a independência, no dia 27 de abril de 1961, os negros pretos nativos selvagens obtiveram o direito de votar. E depois, em Serra Leoa, só houve golpes de Estado, assassinatos, enforcamentos, execuções e todo tipo de desordem, um verdadeiro puteiro do cão. Porque o país é rico em diamantes, ouro, e em tudo que é fonte de corrupção. Faforo (sexo do meu pai)!

Desde que os negros pretos nativos ficaram independentes e obtiveram direito de voto, eles levaram ao poder o único negro preto africano do país que era universitário, o único que era bacharel em direito. Ele se chamava Milton Margai e tinha se casado com uma inglesa branca para mostrar para todo mundo que tinha rompido definitivamente com todas as maneiras, todos os costumes dos negros pretos nativos e selvagens.

Milton Margai, quando foi posto no governo, já era velho e um tanto sábio. Sob seu reino de primeiro ministro de Sua Majestade, houve muito tribalismo, mas o grau de corrupção foi tolerável. Os mendês, da mesma etnia que o primeiro ministro, eram favorecidos. Isso era normal, a gente segue bem atrás do elefante no mato para não ser molhado pelo orvalho (o que significa que a gente é protegido quando fica próximo de um grande e poderoso).

Com a morte de Milton, no dia 28 de abril de 1964, sucedeu a ele seu irmão Albert Margai, apelidado Big Albert. Com Big Albert, o tribalismo e a corrupção aumentaram, foram levados a um grau tão extremo que um golpe de Estado ocorreu no dia 26 de março de 1967. Albert foi substituído pelo coronel Juxton Smith, que não era da etnia dos mendês.

A corrupção continuava a causar estragos sob o governo do coronel Juxton, e a coisa não tardou. No dia 19 de abril de 1968, o coronel Juxton foi derrubado por um complô de suboficiais que criaram um movimento revolucionário anticorrupção (ACRM). Anticorrupção! (Nada mais nada menos, Walahê!) Isso não deteve a corrupção.

O dia 26 de abril de 1968 marca a chegada da etnia timba, com Siaka Stevens. Ele quer dar um basta na corrupção e não consegue. Em maio de 1971 eclode um golpe de Estado que expulsa Siaka Stevens de sua capital, de seu palácio. Ele é reempossado pelos pára-quedistas guineenses. Sob a proteção dos pára-quedistas guineenses, Siaka Stevens está à vontade.

Ele instaura uma ditadura com partido único e com um montão de corrupção. Siaka enforca, executa, tortura os oponentes. Apesar da corrupção, uma aparência de estabilidade é obtida. Siaka Stevens, velho, muito velho, aproveita para passar a mão. Ele determina sua substituição, no comando do Partido-Estado, pelo general, chefe do Estado-Maior, Saidu Joseph Momoh. O general perde a proteção do contingente guineense. O general reconhece, ele próprio, em agosto de 1985, que "ele não dispõe dos meios para eliminar o tráfico de diamantes". Isto é, a corrupção.

Portanto, enquanto a corrupção continuava e os golpes de Estado em cascata se sucediam, preparava-se incognitamente, Walahê! — mas incognitamente mesmo (incognitamente significa secretamente, às ocultas), contra o regime podre e criminoso de Serra Leoa uma bela duma mordida sem dentes. (Entre os negros africanos, chama-se mordida sem dentes uma surpresa desagradável, que morde sem ter dentes.) O nome daquele que ia dar uma mordida sem dentes em Serra Leoa era Foday Sankoh. O caporal Foday Sankoh introduziu um terceiro parceiro na dança de Serra Leoa. Até aqui, as coisas tinham sido simples, muito simples: havia apenas dois filhos-da-puta de parceiros, dois únicos filhos-da-puta de parceiros, o poder e o exército. Quando o ditador detentor do poder tornava-se podre demais, rico demais, um militar o substituía, por meio de um golpe de Estado. Se ele não era assassinado, o substituído dava no pé que nem um ladrão que foge com a bufunfa. Aquele que o substituía, por sua vez, tornava-se podre demais, rico demais, então outro, através de outro golpe de Estado, o substituía e, se ele não fosse assassinado, fugia com o liriki (liriki significa grana). E assim por diante. Foi esse face a face solitário que Foday Sankoh rompeu introduzindo uma terceira puta na dança, o povo, o povinho, os nativos pretos negros selvagens do mato de Serra Leoa.

Antes de mais nada, quem é Foday Sankoh, o caporal Sankoh? Gnamokodê (puta-que-o-pariu)!

Foday Sankoh, da etnia temné, entrou no exército leonês em 1956. Em 1962, ele obteve a patente de caporal (ele não passaria dela em sua longa e extraordinária carreira) e passou a fazer parte, em 1963, do contingente de soldados leoneses encarregados da manutenção da paz no Congo. A maneira francamente escandalosa pela qual Patrice Lumumba (o primeiro presidente do Congo) foi eliminado lhe deu náuseas, e fez com que ele começasse a refletir. Ele concluiu que a enorme máquina que é a ONU serve os interesses dos tubabs europeus colonos e colonialistas e jamais o interesse do pobre negro preto selvagem e nativo.

De volta para casa, ele ficou sensibilizado pela miséria do povinho e pela corrupção escandalosa que reinava em seu país. Ele decidiu engajar-se nas operações políticas.

Há suspeitas de que ele participou, em 1965, do complô do coronel John Bangoura contra Margai. Ele é detido e solto. Em 1971, ele se envolve no golpe de Estado de Momoh contra Siaka Stevens. Ele é detido e encarcerado durante seis longos anos. Durante esses anos, ele lê Mao Tsé-Tung e os teóricos da guerra popular e consagra-se à reflexão. Ele reflete muito e chega a uma conclusão. Não é um golpe de Estado de cúpula que pode pôr um fim ao regime podre e filho-da-puta de Serra Leoa. É preciso mais do que isso, é preciso uma revolução popular. E ele se põe a serviço dessa revolução popular.

Ele começa no leste do país e enfim se instala em Bo, a segunda cidade mais importante de Serra Leoa. Disfarçado de fotógrafo, ele propaga suas idéias até 1990. No início de 1991, ele recruta um exército de trezentas pessoas. Esses homens são chamados de combatentes da liberdade, o Exército da Frente Revolucionária Unida (em pidgin, a sigla é RUF). Ele forma seus homens; eles se tornam verdadeiros combatentes. Por meio de uma série de emboscadas, esses combatentes adquirem armamentos modernos. Os armamentos modernos substituem as machadinhas. No dia 23 de março de 1991, de manhã, ele desencadeia a guerra civil na fronteira da Libéria, com a cumplicidade do bandido Taylor, daquele país.

O presidente Joseph Momoh, surpreendido, agita-se. Ele se queixa de Taylor, pede ajuda aos outros Estados da CEAO, envia milhares de soldados à fronteira para repelir os rebeldes da RUF, expulsar os "invasores". Os soldados desertam, juntam-se aos combatentes da liberdade da RUF. Nada funciona. Serra Leoa está à beira da desgraça. Joseph Momoh não agüenta mais: ele é expulso do poder por um golpe de Estado. Ele vai embora gnona-gnona com a bufunfa. É o capitão Valentine Strasser que o substitui.

O programa do capitão Strasser é, primeiro, a luta contra a hidra da corrupção (hidra significa fonte inesgotável de malefícios e destruição). E segundo, a luta contra Foday Sankoh e sua RUF. Para combater Foday Sankoh, Strasser manda recrutar quatorze mil jovens. Esses jovens mal alimentados tornam-se sobeldes. Isto é, soldados durante o dia e rebeldes (bandidos saqueadores) durante a noite. Eles vão se juntar aos combatentes da RUF e, no dia 15 de abril de 1995, de manhã, Foday Sankoh lança uma ofensiva a oeste, na direção da capital Freetown. E Foday Sankoh com sua RUF sem grandes esforços ocupa a cidade estratégica de Mile-Thirty-Eight e toda a região diamantária e aurífera, as zonas de produção de café, de cacau, de palmeiras produtoras de óleo. A partir desse dia, ele estará pouco se lixando para tudo o que virá a acontecer; a Serra Leoa útil está nas mãos dele.

Walahê! Valentine Strasser não tem mais um tostão furado, não tem mais nada, absolutamente nada. Ele está numa pior, realmente numa pior, então ele banca o jogo da democracia. Ele autoriza os partidos políticos, organiza uma Conferência Nacional (Conferência Nacional é o grande circo político que foi organizado em todos os países africanos por volta de 1994, durante o qual cada um disse o que bem lhe passava pela cabeça). Ele decidiu juntamente com a ONU a organização de eleições livres e honestas. Foday Sankoh não cai no jogo da democracia. De jeito nenhum. Ele recusa tudo. Ele não quer saber de Conferência Nacional, ele não quer saber de eleições livres e democráticas. Ele não quer saber de nada. A região diamantária do país está sob controle dele; a Serra Leoa útil está nas mãos dele. Ele está pouco se lixando. O que ele pede primeiro é a expulsão do representante da ONU, seu mais execrado inimigo desde o Congo. (Execrado significa o que mais se detesta e odeia.) Ele não vai largar as minas de diamantes e ouro que ele tem nas mãos enquanto o representante da ONU continuar residindo em Serra Leoa.

Valentine Strasser se atrapalha. Ele não sabe o que fazer, ele pensa inicialmente em proteger sua capital e o pedaço de terra que ainda continua sob sua autoridade. Ele apela em primeiro ligar para os ghurkas nepaleses e em seguida para os mercenários da África do Sul, os boêres — os "executive outcomes" da sociedade sul-africana. Ele não tem tempo de ir mais longe do que isso; ele é deposto por Julius Manado

Bio, o vice-presidente do conselho provisório do governo, seu adjunto. O próprio capitão Strasser cai no mundo gnonagnona com o pé-de-meia dele, que nem um ladrão.

E eis Manada Bio no palácio, no dia 16 de janeiro de 1996, no palácio de Lumbey Beach (é a residência dos presidentes, dos senhores de Serra Leoa). A ONU e os Estados da CEAO fazem pressão sobre Manada Bio. Eles o obrigam a manter o processo eleitoral de 26 de fevereiro, como fora prometido por Strasser. No dia 28 de janeiro, ele entra em discussões com uma delegação de Foday Sankoh. Foday Sankoh não quer saber de eleições democráticas. Ele não quer nem ouvir falar, mas de jeito nenhum mesmo (ele está pouco se lixando, a região útil da Serra Leoa está nas mãos dele).

O primeiro turno das eleições presidenciais ainda assim ocorre, apesar dos protestos. Foday Sankoh fica num estado furibundo (estado furibundo significa possuído de cólera, indignado, terrível, lançando injúrias e ameaças). Antes da conclusão das discussões, ele não quer eleições livres, ele não quer saber de segundo turno. Como impedir as eleições livres? Como impedir o segundo turno? Ele pensa no assunto e, quando Foday pensa seriamente, ele não usa nem álcool nem mulheres, Walahê (em nome de Alá)!, ele entra num regime seco, se tranca durante dias e dias.

No fim do quinto dia desse regime de retirada drástico (drástico significa de um rigor e de uma severidade excessivas), a solução veio naturalmente a seus lábios, sob a forma de uma expressão lapidar: "Sem braços, nada de eleições." (Lapidar significa que é simples e conciso.) Era evidente: quem não tinha braço não podia votar. (Evidente significa de uma certeza facilmente apreensível; claro e manifesto.) Ele manda cortar as mãos do maior número de pessoas, do máximo possível de cidadãos leoneses. É preciso cortar as mãos de todo leonês preso antes de enviá-lo para a zona ocupada pelas forças governamentais. Foday deu as ordens e os métodos, e as ordens e os métodos foram aplicados. Procederam às mangas curtas e às mangas compridas. Mangas curtas é quando se amputa os antebraços do paciente na altura do cotovelo; mangas compridas é quando se amputa na altura do punho.

As amputações foram gerais, sem exceção e sem piedade. Quando uma mulher se apresentava com seu bebê pendurado às costas, a mulher era amputada e o bebê também, fosse qual fosse a idade do bebê. Era melhor já amputar também os cidadãos bebês porque eles são futuros eleitores.

As organizações não-governamentais viram afluir (afluir é dirigir-se em multidão rumo a; é chegar em grande número) uma multidão de manetas de mangas curtas e de mangas compridas. Elas entraram em pânico e fizeram pressão sobre Manada Bio. (Entrar em pânico, segundo o Petit Robert, é ser tomado de medo, de angústia.) Manada Bio se agita, quer negociar; ele precisa de uma pessoa que Foday Sankoh possa escutar. Uma pessoa cuja autoridade moral seja reconhecida por todo mundo. Ele vai bater à porta do sábio da África negra de Yamussukro.

Este sábio se chama Houphouët-Boigny. É um ditador; um respeitável ancião chamuscado primeiro pela corrupção, depois branqueado pela idade e por muita sabedoria. Houphouët leva a coisa a sério: o problema urge (urgir significa ser urgente). Houphouët envia gnona-gnona seu ministro das Relações Exteriores, Amara, para receber Foday Sankoh em seu maqui (maqui significa lugar pouco acessível em que se agrupam os resistentes), na floresta tropical, impenetrável e selvagem.

Amara traz Foday Sankoh em carne e osso, intacto, até o velho ditador de Yamoussoukro. O velho ditador dá-lhe um beijo na boca e o acolhe num luxo insolente (insolente significa que, devido a seu caráter extraordinário, aparece como um desafio à condição comum). Ele põe tudo à disposição dele, lhe dá um montão de dinheiro e o recebe com um luxo insolente como só um velho e verdadeiro ditador é capaz de oferecer. Foday, que em toda a sua vida jamais passara pela porta de um hotel de luxo; Foday que em toda a sua vida tinha conhecido apenas dureza, rejubila-se e fica contente (rejubilar é experimentar uma alegria intensa). Foday tem tudo em profusão e consome tudo em profusão (em grande quantidade). Ele consome em profusão cigarros, álcool, telefone celular e sobretudo faz um consumo imoderado de mulheres. (Imoderado significa que ultrapassa os limites normais.) Foday, nessas condições favoráveis, aceita o cessar-fogo.

O segundo turno das eleições presidenciais ocorre assim mesmo. Apesar das amputações das mãos de inúmeros cidadãos leoneses, o povo leonês se entusiasma pelo voto. Ele acredita que o voto porá fim a seu martírio. (Martírio significa pena cruel, grande sofrimento físico e moral.) Foi uma ilusão. Todo mundo vai para os postos de votação. Até mesmo os manetas votam, apesar de tudo. Eles entram na cabine secreta com um amigo ou um irmão para cumprir o dever de votar.

Ahmad Tejan Kabbah é eleito com 60% dos votos no dia 17 de março de 1996. O presidente eleito democraticamente é instalado no palácio de Lumbey Beach. Ele envia imediatamente uma delegação a Yamoussoukro para participar das conversações.

Foday Sankoh não quer reconhecê-lo. Para ele, não houve eleições, não há presidente. (Ele está pouco se lixando, a Serra Leoa útil está nas mãos dele.)

Depois de um mês de longas discussões, ele finalmente ouve a voz da razão. Aí eles discutem nos mínimos detalhes cada vírgula do comunicado final. Este comunicado é publicado. Foday Sankoh aceita tudo. Deixam ele voltar para seu hotel e para o luxo insolente, o álcool, os cigarros, as mulheres e o telefone celular.

Um mês depois, numa declaração retumbante (retumbante significa que faz grande sensação e provoca escândalo), ele rejeita tudo. Ele não aceitou coisa alguma, ele nunca reconheceu as eleições; ele nunca reconheceu Ahmad Tejan Kabbah. Ele vai pôr um fim ao cessar-fogo.

As negociações recomeçam pela segunda vez. Elas são acirradas (isto é, conduzidas com precisão, com rigor). Elas acabam sendo concluídas. O comunicado final é discutido longamente, ponto por ponto, vírgula por vírgula. O comunicado final é aceito por Foday Sankoh com entusiasmo. Todo mundo parabeniza Foday Sankoh. O velho ditador Boigny beija ele na boca. Enviam ele para seu hotel e seu luxo insolente. Ele retoma seus hábitos, seus caprichos, seus vícios. (Vício significa desregramento da vida sexual que apresenta um desvio com relação à moral.) Um mês depois... bumba! Tudo é questionado de novo. Foday nunca reconheceu as eleições; ele nunca reconheceu as autoridades que saíram das eleições. Nunca! Ele nunca reconhecerá como presidente Ahmad Tejan Kabbah. (Ele está pouco se lixando, a Serra Leoa útil está nas mãos dele!)

Os que participaram das conversações acorrem (acorrer é vir correndo, com pressa). As negociações são retomadas com dificuldade. Discutem-se duramente todos os aspectos do acordo, ponto por ponto. Definitivamente, chegam a um acordo final. As discussões são mais acirradas do que nunca. Agora é para valer, por isso é necessário chegar a um acordo sobre tudo, sobre os menores detalhes. Todo mundo ficou contente. As discussões foram difíceis, mas mesmo assim puderam chegar a resultados definitivos.

Faforo (caralho do meu pai)! Dois meses depois, quando todo mundo pensava que o problema estava resolvido, o cessar-fogo, o processo de negociações, Foday volta à tona com uma declaração tonitruante. (Voltar à tona, segundo o Larousse, é emergir.) Ele não concorda com nada, ele não assinou nada, ele não reconhece nada, nem as eleições nem o presidente. Seus combatentes retomam o combate. (Ele está pouco se lixando, a Serra Leoa útil está nas mãos dele!)

Os negociadores acorrem. Eles aparecem no hotel Marfim, aquele hotel de luxo em que Foday Sankoh está hospedado com todos os seus vícios. Nada de Foday! Procuram por todo lado: nos lugares mais mal afamados, mais podres de Treichville. (Treichville, bairro barra pesada de Abdijão, capital da Costa do Marfim.) Nada de Foday. Pensam que ele foi seqüestrado. Os policiais estão em pé de guerra. Todo mundo teme pela vida dele. O ditador Houphouët-Boigny está em maus lençóis. Foi ele quem o convidou e hospedou. É ele o responsável. Ele pragueja contra sua polícia. Procuram por todo lado. E nada de Foday!

Três semanas depois, enquanto as buscas prosseguiam, eles ficam sabendo que Foday Sankoh foi detido em Lagos, na Nigéria, por tráfico de armas. Mas o que ele foi aprontar lá na Nigéria? Walahê! O ditador da Nigéria, Sani Abacha, é um inimigo jurado de Foday Sankoh. Por que ele foi se meter bem na goela do crocodilo? Desse crocodilo de ditador chamado Sani Abacha?

As explicações estão nos ciúmes entre os dois ditadores: o ditador Houphouët-Boigny e o ditador Sani Abacha. Eram as tropas de Sani Abacha que combatiam na Serra Leoa e era no país de Houphouët-Boigny que se realizavam as conversações pela paz. Eram os compatriotas de Sani Abacha que morriam em Serra Leoa e era de Houphouët que se falava nos jornais internacionais; era ele que consideravam como o sábio da África negra. Como diz um provérbio dos negros pretos nativos, era Sani Abacha que estava na chuva se molhando, enquanto Houphouët-Boigny ia tirando os peixes do rio. Em outras palavras, era Houphouët que puxava todas as sardinhas para a sua brasa. Para dar um fim a esta situação, o ditador Sani Abacha montou uma verdadeira arapuca para Foday Sankoh. Ele enviou a Abdijão um agente secreto que propôs, secretamente, um negócio de otário (pessoa enganada) a Foday Sankoh. Ele pediu a Foday Sankoh que fosse escondido até Lagos. Sani Abacha o receberia e discutiria secretamente com ele sobre as melhores condições para fazer com que as tropas da Ecomog partissem da Nigéria. Foday Sankoh caiu direitinho. Quando chegou em Lagos, ele foi detido como traficante de armas. E preso, clic-clac, a sete chaves. Com Foday em cana, eliminado, começaram a conversar com seus assessores que tinham ficado na retaguarda. Pensavam que eles seriam mais maleáveis (maleáveis significa dóceis). Mas os assessores dele recusaram-se a colaborar. Eles recusaram a menor discussão sem o líder deles. E Foday, de sua prisão, fazia assim ser ouvido o grave timbre de sua voz. Ela era retumbante e ecoava longe, dizendo não, não e não.

O ditador Sani Abacha, atrapalhado, sem saber o que fazer do constrangedor Foday Sankoh (segundo o Petit Robert, constrangedor significa que incomoda), entrega-o às autoridades leonesas, ao presidente eleito de Serra Leoa, Ahmad Tejan Kabbah. Kabbah coloca Foday Sankoh em regime fechado.

Ele o tranca a sete chaves, suprime tudo dele, mulheres, cigarros, álcool, visitas. Foday continua dizendo não, não e não. Ele não quer entender nada, nem ceder em nada. Apelam para o novo sábio da África, para o mais recente veterano da era dos ditadores africanos, o ditador Eyadema. O velho ditador Houphouët-Boigny que, desde que o mundo é mundo desempenhava esse papel, tinha batido as botas naquele meio tempo. (Bater as botas é morrer.) Ele deixou a seus herdeiros uma das mais colossais fortunas da África negra, mais de três bilhões e quinhentos milhões de francos CFA!

Chegamos em 1994, antecipemos as coisas (antecipar é dizer antes do tempo).

O novo sábio da África, o ditador Eyadema, vai fazer Foday Sankoh vir até Lomé, capital do Togo. Ele vai restabelecer todos os seus direitos, seus vícios. Ele vai lhe dar tudo: as mulheres, os cigarros, o telefone celular e a palavra. Ele será livre em todos os seus movimentos. As discussões serão retomadas a partir do zero. O bandido Foday Sankoh continuará dizendo não, não e não. Ele não reconhecerá as autoridades eleitas. Ele não vai querer o cessar-fogo. Ele continua não querendo nada. (Ele continua pouco se lixando, a Serra Leoa útil continua nas mãos dele.)

Então o ditador Eyadema terá uma idéia genial. Essa idéia será ativamente apoiada pelos EUA, pela França, a Inglaterra e a ONU. Essa idéia consistirá em propor uma mudança, mas sem mudar coisa nenhuma. Eyadema, com o apoio da comunidade internacional, propõe ao bandido Foday Sankoh o cargo de vice-presidente de Serra Leoa, com poderes sobre todas as minas que Foday Sankoh tinha adquirido com as armas, com poderes sobre toda a Serra Leoa útil, que já estava nas mãos dele. Isto é, uma grande mudança na mudança sem mudança. Sem mudança no estatuto do bandido: não será movido contra o bandido nenhum processo. Sem mudança na riqueza do bandido. Uma vez que haverá anistia geral, Foday responde sim, imediatamente, sim e sim. Ninguém vai encher a cabeça dele, ninguém vai encher o saco dele com um monte de histórias, então ele responde sim. Ele reconhecerá as autoridades. Ele aceitará o cessar-fogo. Ele aceitará o desarmamento dos combatentes da liberdade. Azar dos mangas curtas e dos mangas compridas, azar dos pobres diabos.

É assim, a este preço, que o bandido Foday Sankoh vai entrar em Freetown vestindo o chapéu de vice-presidente da República Democrática e Unitária de Serra Leoa e de gestionário das minas de Serra Leoa. É por meio desse estratagema político que conseguirão pôr um fim na guerra tribal em Serra Leoa. Faforo (caralho do meu pai)! Gnamokodê (puta-que-pariu)! Mas a gente ainda não chegou aí.

Tudo isso aconteceu bem depois, bem depois mesmo. Depois de a gente ter perambulado pela zona ocupada por Foday Sankoh e seus combatentes da liberdade. (Perambular significa, segundo o Larousse, andar sem destino, levar uma vida de aventuras vagueando.) E quando eu digo a gente isso quer dizer a gente (isto é, Yacuba o bandido manco, o multiplicador de notas de dinheiro, o feiticeiro muçulmano, e eu Birahima, o menino de rua sem eira nem beira, the small-soldier).

A gente estava à procura da minha tia. Ela havia deixado a Libéria e quis de novo ir juntar-se ao tio de Serra Leoa. Walahê!

A gente começou a perambular naquela zona exatamente duas semanas depois do dia 15 de abril de 1995. 15 de abril é a data da ofensiva relâmpago de Foday Sankoh que lhe permitiu levar a nocaute as autoridades leonesas e assumir o controle da Serra Leoa útil. Na aglomeração chamada Mile-Thirty-Eight, a quase trinta e oito milhas de Freetown, acharam que a gente fazia parte dos combatentes da liberdade da RUF. Freetown é a capital desse desgraçado e maldito país que é Serra Leoa.

O general mestre absoluto do lugar e dos homens de lá foi quem nos capturou. Ele se chamava Tieffi. O general Tieffi parecia tintim por tintim com Foday Sankoh. A mesma barba grisalha, a mesma boina frígia de caçador, o mesmo pendor pela boa vida, os mesmos sorrisos e risadas estapafúrdias. (Estapafúrdio significa extraordinário, excêntrico a ponto de chocar.)

Imediatamente, ele quis nos enviar para o matadouro; era o lugar em que cortavam as mãos e os braços dos cidadãos leoneses para impedi-los de votar. Felizmente, Yacuba pressentiu. Ele revelou sua função de grigriman da pesada, bom contra as balas, e apresentou sua falsa carteira de identidade de cidadão da Costa do Marfim. Tieffi ficou feliz de saber que a gente era marfinense. Ele gostava de Houphouët-Boigny, o presidente da Costa do Marfim. Porque Houphouët era rico e sábio e porque ele tinha mandado construir uma basílica. Ele disse que nós tínhamos muita sorte, que se a gente fosse guineense, ou estrangeiros de outro lugar, iam nos cortar as mãos de qualquer jeito, porque a Guiné se metia nos negócios internos de Serra Leoa. Yacuba apertou forte contra o corpo nossas carteiras de identidade guineenses que ele, por puro faro, não quis apresentar. (Faro significa atitude instintiva para prever algo.)

Yacuba foi enviado tranqüilo para as casas dos grigrimen onde se come bem. Ele se pôs ao trabalho. Ele fez um grigri incomparável para o general Tieffi.

Eu, menino da rua sem eira nem beira, fui imediatamente integrado nas brigadas de crianças-soldados com kalach e tudo o mais.

Eu quis me tornar um pequeno licaone da revolução. Licaones eram as crianças-soldados encarregadas das tarefas desumanas. Tarefas tão duras quanto enfiar uma abelha nos olhos de um paciente, como diz um provérbio dos negros pretos nativos e selvagens. Tieffi com um sorriso transbordante me perguntou:

— Conhece que é um licaone?

Eu respondi que não.

— Licaone é um cachorro selvagem que caça em bando. Bicho come tudo: pai, mãe, e tudo. Quando ele termina de dividir uma vítima, cada licaone se retira para se limpar. Aquele que volta com sangue no pêlo, mesmo que for só uma gota de sangue, é considerado como ferido e é devorado na hora mesmo pelos outros. É isso aí. Viu? O bicho não tem piedade. Tua mãe está por aqui?

— Não.

— Teu pai está por aqui?

Eu respondi de novo que não.

Tieffi caiu na gargalhada.

— Não tem sorte, Birahimazinho, nunca vai poder virar um bom licaone da revolução. Teu pai e tua mãe já estão mortos e enterrados. Para se tornar um bom licaonezinho da revolução, primeiro é preciso matar com as próprias mãos (entendeu? com as próprias mãos), matar o próprio pai ou a própria mãe e em seguida ser iniciado.

— Eu poderia ser iniciado como todos os licaonezinhos.

Ele caiu na gargalhada de novo e declarou:

— De jeito nenhum. Você não é um mendê, não entende a língua mendê, é um malinquê. As cerimônias de iniciação são dançadas e cantadas em mendê. No fim da cerimônia, uma bola de carne é consumida pelo jovem iniciado. Essa bola é feita pelos feiticeiros com muitos ingredientes, e com certeza com carne humana. Os malinquês têm repugnância (ter repugnância é sentir aversão, nojo) pela idéia de engolir essa bola, os mendês, não. Nas guerras tribais, um pouco de carne humana é necessária. Isso endurece o coração e protege contra as balas. A melhor proteção contra as balas que passam assobiando talvez seja um pouco de carne de homem. Eu, Tieffi, por exemplo, eu nunca vou até o front para um combate sem uma cabaça (uma tigela) de sangue humano. Uma cabaça de sangue humano revigora; isso te faz ficar feroz, te faz ficar cruel e te protege contra as balas que passam assobiando.

A iniciação do licaonezinho se faz num bosque. Ele usa um saiote de ráfia, canta, dança e corta até não poder mais mãos e braços dos cidadãos leoneses. Depois ele consome uma bola de carne, uma bola de carne que com certeza é carne humana. Essa bola serve de refinada e deliciosa refeição de final de festa aos iniciados. Gnamokodê (puta-que-o-pariu)!

Eu não podia fazer parte da elite das crianças-soldados, os licaonezinhos. Eu não tinha direito à dupla porção de comida, às drogas à vontade e ao salário multiplicado por três dos licaones. Eu era um perdido, que não prestava para nada.

Eu estava na brigada encarregada da segurança das minas. Os que trabalhavam nas minas eram semi-escravos. Eles eram pagos, mas os movimentos deles não eram livres.

Mas vamos voltar ao governo, à política geral desse país perdido de malditos e de cacabas (doidos).

Ahmad Tejan Kabbah foi eleito com 60% dos votos no dia 17 de março de 1996. O presidente eleito democraticamente instalou-se no palácio de Lumbey Beach no dia 15 de abril. Nesse palácio, ele se encontra sozinho diante de seu destino, isto é, como todos os presidentes democraticamente eleitos, sozinho diante do exército leonês. Os fantasmas de todos os predecessores que fugiram ou foram assassinados no local assombram o palácio. Ele não pode dormir lá; ele só consegue dormir o sono do crocodilo, isto é, com um olho aberto e outro fechado. Ele reflete muito sobre um meio de romper o face a face melindroso com o caprichoso exército leonês. (Melindroso, isto é, embaraçoso, complicado, arriscado)

Ora, desde o século X, encontra-se na Serra Leoa, como em todos os países da África Ocidental, uma franco-maçonaria (franco-maçonaria significa associação esotérica e iniciática) que agrupa os caçadores, que são grandes iniciados, poderosos mágicos e adivinhos; é o Kamajor. Então ele pensa no Kamajor, essa associação de caçadores tradicionais e profissionais. Ele faz com que venham até o palácio. Kabbah discute determinadamente com os caçadores. Os caçadores aceitam pôr-se a serviço do palácio. Os antigos fuzis dos caçadores são substituídos por kalachs modernas. A partir desse dia, Kabbah, o presidente eleito, pode dormir com os dois olhos completamente fechados, pode dormir o sono tranqüilo do bebê da vendedora de leite. (O bebê da vendedora de leite dorme em paz porque sabe que vai ter o seu leitinho para beber, aconteça o que acontecer.) Houve desde esse dia no país dois campos e cinco parceiros. No primeiro campo, o poder eleito democraticamente, o exército leonês comandado pelo chefe de Estado-Maior Johnny Koroma, a Ecomog (as forças de interposição que não se interpõem) e o Kamajor, ou caçadores tradicionais. O segundo campo era constituído pela RUF de Foday Sankoh. Em outras palavras, todo mundo contra Foday Sankoh. Havia cinco parceiros e dois campos. Mas cada parceiro ia e vinha naquela vasta Serra Leoa. Cada parceiro sugava até a última gota o sangue do povo leonês. (Sugar o sangue é explorar.)

Nós estávamos em Mile-Thirty-Eight. (Nós, isto é, o bandido manco e eu, o menino de rua sem eira nem beira.) No reduto da RUF, no reduto de Foday Sankoh.

Certa noite, ao minguar da lua, cochichos e chiados começaram a se produzir nas florestas das redondezas e nas proximidades dos acampamentos. Tiros de sentinelas foram ouvidos. Ninguém prestou atenção. Todo mundo continuou a dormir o sono do campeão senegalês que venceu todos os outros de sua geração. Tiros havia todas as noites porque toda noite havia ladrões que rondavam lá pelos lados das minas. Esses tiros esporádicos não fizeram parar os cochichos. (Esporádico significa que se produz de tempos em tempos.)

Desde os primeiros clarões do dia, em volta da aldeia, tiros de kalach abundantes foram ouvidos, ao mesmo tempo em que ecoava o canto dos caçadores, seguido em coro por milhares de vozes. Nós estávamos sendo atacados e cercados pelos kamajors. Bem à maneira deles, eles tinham chegado à noite, tinham nos cercado antes de dar a investida decisiva ao raiar do dia. Fomos surpreendidos. Nós sabíamos que as balas não penetravam nos caçadores. Os soldados-crianças da brigada, enlouquecidos, gritavam por toda parte: "Eles têm o corpo fechado! As balas não fazem nenhum mal a eles!" E as pessoas fugiam para todo lado, num gigantesco salve-se-quem-puder e em meio à maior baderna. Antes do meio-dia, eles tinham fechado todas as estradas, ocuparam todas as instalações. Nossos chefes tinham desaparecido.

Os caçadores, os kamajors, organizaram uma festa, como eles fazem toda vez depois de uma vitória. Eles tinham kalachs, e isso era a única coisa que tinham de moderno. As roupas deles eram umas túnicas nas quais estavam pendurados milhares de amuletos, grigris, garras e pêlos de animais, e eles usavam todos um boné frígio na cabeça. Eles cantavam alto, dançavam e davam tiros para cima.

Depois da festa, ocuparam totalmente o lugar, os acampamentos, as minas. Eles nos agruparam; nós, os prisioneiros. Eu tinha virado prisioneiro, do mesmo modo que meu protetor Yacuba. Nós éramos prisioneiros dos kamajors.

A investida dos caçadores tradicionais e profissionais custou a vida a seis crianças-soldados. Imponho a mim mesmo o dever de fazer uma oração fúnebre para um desses seis; porque ele que era meu amigo. De noite, nos acampamentos, ele teve tempo para me contar diversas vezes seu percurso. (Percurso significa, segundo o Petit Robert, trajeto seguido por alguém.) Eu faço por ele, e só por ele, esta oração fúnebre, porque eu não sou obrigado a rezar pelos outros. Eu não sou obrigado, do mesmo jeito que Alá não é obrigado a ser sempre justo em todas as coisas.

Entre os mortos, havia o corpo de Johnny Relâmpago.

Sem brincadeira! Sem brincadeira! Ele, Johnny Relâmpago, a perdição dele foi o gnussu-gnussu da professora dele, foi isso que jogou ele na vida de soldado-criança. (Gnussu-gnussu significa, segundo o Inventário das particularidades, boceta, órgão genital da mulher.) Isso mesmo, foi o sexo da professora que jogou ele na vida de criança-soldado. E foi assim que aconteceu.

O verdadeiro nome de Johnny Relâmpago era Jean Bazon. Ele se chamava Jean Bazon quando estava na escola de Man antes de entrar para os soldados-crianças. Na sala de aula da escola primária, tinha um estrado. A mesa da professora ficava em cima do estrado. Fazia calor, calor demais, e a professora perdia a compostura, para se refrescar, ela abria as pernas. Abria demais. E as crianças divertiam-se passando em baixo das carteiras para admirar o espetáculo que se oferecia. Tudo era válido. Todo mundo ria daquilo às gargalhadas (às gargalhadas significa ruidosamente, sem controle), durante o recreio.

Numa manhã, em plena aula, o lápis de Jean caiu. Mecanicamente, sem nenhuma má intenção (realmente nenhuma), ele se abaixou para pegar seu lápis. Mas naquele dia ele não teve sorte, era a ocasião que a professora esperava. Tinham acabado de informá-la do que acontecia, ou então ela havia percebido sozinha a maquinação. Ela ficou histérica, enraivecida. (Histeria significa grande excitação levada ao delírio.) "Sem-vergonha! Filho-da-mãe! Sem-vergonha!", gritou ela. E voou coisa para todo lado: a régua, as mãos e os pés dela. Como um verdadeiro brutamontes, ela espancou Bazon violentamente. Jean Bazon fugiu. A professora mandou atrás dele um desengonçado chamado Turê. A uns cem metros, Jean Bazon se deteve. Ele pegou uma pedra e... vlap! enviou-a bem na cara de Turê. Turê caiu duro, caiu que nem uma fruta madura, caiu mortinho. Jean continuou sua corrida maluca até a casa da tia dele. "Eu matei um colega, eu matei uma pessoa." A tia, desesperada, escondeu Jean na casa de um vizinho. A polícia veio procurar o jovem delinqüente. "Aqui ninguém viu ele desde ontem", disse a tia.

Durante a noite, Jean deixou a cidade de Man para ir se esconder numa aldeia vizinha no caminho da Guiné. Lá, ele pôde pegar, incógnito, um caminhão para ir encontrar um tio na Guiné, em N'Zerekorê. (Incógnito significa sem se fazer reconhecer.) A viagem não foi tranqüila. O caminhão foi detido por assaltantes de estrada na fronteira liberiano-guineense, armados com kalachs. E os assaltantes levaram tudo. Levaram até as peças do caminhão. Naquele momento chegaram os guerrilheiros. Os assaltantes fugiram. Os passageiros foram recolhidos pelos guerrilheiros e conduzidos ao campo deles. Aos passageiros, os guerrilheiros disseram, aos que desejassem, que retornassem a pé para Man; ficava a dois dias de caminhada. Bazon pensou com seus botões: "Eu, voltar para Man? Nunca mais, eu quero ser soldado-criança." E foi assim que Jean Bazon entrou para os soldados-crianças, onde ele se tornou Johnny Relâmpago.

Como foi que Jean Bazon se tornou Johnny Relâmpago é uma outra história, e uma história bem longa. Não me dá gosto contar porque eu não sou obrigado. O corpo de Johnny Relâmpago estava estendido lá no chão, e aquilo doía, doía demais. Eu chorava um rio de lágrimas por Johnny estendido assim, morto daquele jeito. Tudo isso porque as balas não entram no corpo dos caçadores e porque Johnny não ficou sabendo a tempo que eram os caçadores que estavam atacando. Walahê! Walahê! Bisi milai ramilai (em nome de Alá clemente e misericordioso)!

Havia em Mile-Thirty-Eight mocinhas e mulheres. As mulheres cozinhavam; as mocinhas eram crianças-soldados como a gente. As mocinhas formavam uma brigada especial. A brigada era comandada por uma perua matrona rápida na metralhadora (matrona, mulher corpulenta e de modos vulgares). Ele se chamava irmã Hadja Gabrielle Aminata.

A irmã Hadja Gabrielle Aminata era um terço muçulmana, um terço católica e um terço feiticeira. Ela possuía a patente de coronel porque tinha uma grande experiência com as moças pelo fato de ter praticado a excisão numas mil moças no decorrer de vinte anos. (Praticar a excisão significa amputar as jovens de seu clitóris, durante a iniciação.)

As moças ficavam agrupadas e viviam num antigo colégio de meninas, o internato de Mile-Thirty-Eight. O conjunto era constituído por uma dezena de prédios construídos numa concessão retangular. (Concessão significa terreno, cercado ou não, que serve de habitação, segundo o Inventário das particularidades.) A concessão era flanqueada em cada ângulo por um posto de combate protegido por sacos de areia. Os postos de combate eram ocupados noite e dia pelas moças-soldados. O conjunto era delimitado, cercado por estacas em cujas pontas estavam espetados crânios humanos. Era a guerra tribal que determinava isso. Era uma espécie de pensionato no qual a irmã Aminata fazia reinar uma disciplina de ferro.

O despertar era às quatro horas da manhã. Todas as meninas faziam suas abluções (banhos de corpo para purificação religiosa) e curvavam-se à moda da prece muçulmana, quer a pensionista fosse muçulmana ou não. Porque levantar cedo revigora as moças e as abluções matinais liquidam o persistente cheiro de mijo que sempre se desprende das negrinhas pretas nativas. Depois da prece coletiva, passava-se à labuta da limpeza do estabelecimento e em seguida aos exercícios físicos seguidos das sessões de manejamento de armas. Irmã Aminata berrava alto durante as sessões de manejamento de armas e dava empurrões nas meninas que manuseavam as armas com moleza. (Manusear é pegar com as mãos para fazer funcionar.) Depois, todas as meninas se alinhavam e, em passo cadenciado, iam cantando árias patrióticas leonesas até o rio. Lá, todo mundo tomava banho à vontade, brincando. Depois retornavam para o campo entrincheirado com passos cadenciados e cantando árias patrióticas, como na ida. Depois do almoço, as meninas passavam às tarefas quotidianas: curso de alfabetização, de costura e de cozinha. Irmã Aminata, armada com sua kalach, enxergava tudo em volta dela.

Durante sua extraordinária carreira de praticante de excisão, irmã Gabrielle Aminata tinha se recusado, mas se recusado terminantemente, a praticar a excisão em qualquer menina que tivesse perdido a virgindade. Por essa razão é que ela enfiara na cabeça, durante aquele período de discórdia da guerra civil, que ia proteger, a todo custo, a virgindade das meninas esperando o retorno da paz na bem-amada pátria, a Serra Leoa. E essa proteção, ela se encarregava dela com a kalach. Essa missão de proteção da virgindade com a kalach era realizada com muito rigor e sem a mínima gota de piedade. Ela era para as meninas da brigada uma espécie de irmã mais velha e de mãe. Ela era ciumenta e protegia as meninas da brigada contra todas as tentativas de aproximação, até mesmo de chefes como Tieffi. Ela metralhava as meninas que davam o mau passo. Ela metralhava sem piedade os que violavam as meninas.

Um dia, entre três acampamentos de trabalhadores de minas, descobriram uma jovem violentada e degolada. Acabaram sabendo que a infeliz chamava-se Sita e tinha oito anos. Tinham matado Sita de um jeito que era melhor não ver, um jeito abominável. Até uma pessoa que vive com o sangue como a irmã Hadja Gabrielle Aminata tinha chorado um rio de lágrimas quando descobriu o corpo.

Imediatamente começaram a procurar o responsável pela malvadeza, e isso durante uma semana inteira. Em vão, as investigações não deram em nada. (Investigações significa buscas atentas e insistentes.)

No início da semana seguinte, as coisas começaram a se complicar. Trabalhadores dos três acampamentos que se aventuravam de noite do lado de fora dos alojamentos por causa de necessidades urgentes não voltavam mais, nunca mais. Eles eram encontrados na manhã do dia seguinte mortos, assexuados (sem sexo) e degolados como a infeliz Sita e, como brinde, os corpos traziam um bilhete dizendo: "Pelo dja, a alma vingativa de Sita." Os moradores dos acampamentos endoideceram. Despacharam para lá crianças-soldados para tomar conta deles. Nada deteve o massacre. As crianças-soldados toda noite eram dominadas por pessoas mascaradas que vinham seqüestrar os moradores dos acampamentos. Os seqüestrados eram encontrados de manhã assassinados, assexuados e degolados que nem a pequena Sita trazendo, como brinde, o bilhetinho "pelo dja de Sita".

Os operários fizeram greve, alguns foram se refugiar em outros acampamentos vizinhos. Isso não foi suficiente, não deu em nada: a morte estava no pé deles, onde quer que fossem.

Isso era no tempo do general Tieffi. O general Tieffi que era o mestre absoluto dos homens e do lugar levou a cabo suas investigações, e acabou descobrindo. Ele convocou uma assembléia dos moradores dos acampamentos. Para essa assembléia foram convidadas a irmã Gabrielle Aminata e suas colaboradoras mais próximas. Elas chegaram todas com as kalachnikovs, o coronel usava um traje de hadja, isto é, o traje de uma mulher muçulmana que volta da Meca. A kalach estava debaixo do farfalhar dos panos. Isso, isso é a guerra tribal que determina.

Houve uma discussão acirrada durante toda a tarde. No pôr-do-sol, os moradores dos acampamentos acabaram designando entre eles um pobre diabo. Era ele o responsável pela morte da pequena Sita. Era ele, e nenhum outro. Entregaram ele para a irmã Gabrielle Aminata. O que ela fez do pobre diabo não precisa nem dizer. Eu não sou obrigado a revelar tudo nesse blablablá, faforo (bangala do pai)!

Quando os kamajors chegaram em Mile-Thirty-Eight e viram tantas jovens virgens reunidas num mesmo lugar, alguns dentre eles babaram de vontade e deram pulos de alegria. Lá estavam muitas jovens para casar. Irmã Gabrielle Aminata logo se fez receber pelo general mestre caçador que comandava o regimento dos caçadores. Ela lhe explicou que não tinha jovens para casar, mas sim jovens para manter no bom caminho. Ela queria salvar a virgindade de todas aquelas pensionistas até a volta da paz. Com a volta da paz, ela ia praticar nelas a excisão antes de devolvê-las às famílias. Elas então estariam prontas para casamentos decentes (decorosos, convenientes, segundo o Petit Robert). Estavam todos avisados. Ela mataria sem qualquer aviso prévio e sem piedade qualquer caçador que tentasse desavergonhar alguma de suas meninas. A ameaça fez os caçadores libidinosos estourarem de rir. (Libidinosos, que buscam constantemente sem pudor os prazeres sexuais.)

Um dia, uma menina se aventurou do lado de fora da cerca. Ela ia acompanhar a mãe dela que tinha vindo lhe fazer uma visita. Uns caçadores libidinosos tomaram ela como caça, prenderam ela, levaram ela até uma plantação de cacau. Na plantação, eles a violentaram num estupro coletivo. Irmã Aminata encontrou a menina abandonada em meio ao próprio sangue. Ela chamava Mirta, tinha doze anos. Irmã Aminata Gabrielle foi ver o generalíssimo mestre caçador comandante de todos os caçadores de Serra Leoa. O generalíssimo prometeu uma investigação. A investigação não andava. Um caçador, noite e dia, rodava (andar em volta sem objetivo preciso) em volta da caserna das meninas. Irmã Aminata suspeitou fortemente dele. Resolveram montar uma armadilha para ele. (Montar uma armadilha significa atrair para uma cilada.) Fizeram sair uma menina; ela vagueou em volta da caserna. O caçador, ameaçando-a com sua kalach, levou a menina para a plantação de cacau. E no momento em que o libidinoso ia se jogar em cima da caminhante, meninas fortemente armadas saíram da floresta e o prenderam. Torturaram o caçador e fizeram ele confessar. Ele tinha participado, tinha realmente participado, do estupro coletivo de Mirta. Com uma rajada, irmã Aminata fez ele calar a boca, e de vez. Jogaram o corpo por cima do muro do cercado numa rua próxima, bramindo para quem quisesse ouvir: "Ele participou do estupro de Mirta!" (Bramir é gritar, emitir gritos.) Os caçadores, ao verem o corpo do companheiro, insurgiram-se (expressar com atitudes e palavras desacordo em relação a algo) contra aquela manobra, para eles chocante e inaceitável. Eles fizeram uma rebelião e atacaram o campo entrincheirado de irmã Gabrielle. Eles o sitiaram noite e dia. Três vezes, numa só noite, irmã Gabrielle em pessoa saiu do campo entrincheirado e semeou o terror entre os caçadores. Em cada saída, ela matou pelo menos três caçadores. Os caçadores enraivecidos vieram com um carro blindado equipado de metralhadoras. Irmã Aminata, com seu traje de hadja, com a kalach em mãos, conseguiu rastejar até o blindado, subiu nele e quis matar o atirador. Mas um caçador emboscado atirou. Ela despencou morta. Ela morrera com bravura.

O corpo de irmã Aminata Gabrielle colocou a associação dos caçadores leoneses num embaraço extraordinário. Irmã Aminata Gabrielle era uma mulher, mas uma mulher que tinha morrido como heroína de guerra. O código de honra dos caçadores exige que os que morrem como heróis de guerra sejam tratados como mestres caçadores, sejam enterrados com honrarias de mestre caçador. Ora, regra geral, uma mulher não podia ser enterrada como um mestre caçador. A questão foi colocada ao generalíssimo dos caçadores. Sua resposta foi inequívoca (sem equívoco, sem obscuridade). Ainda que mulher, ela conseguira se defender, durante duas semanas, contra um cerco de dois regimentos de caçadores; ela matara em suas saídas noturnas nove caçadores e morrera em cima de um blindado equipado de metralhadoras. Ela merecia amplamente os funerais dos heróis, dos mestres caçadores. E isso fosse qual fosse o sexo dela.

Foi por isso que irmã Aminata teve funerais de mestre caçador, de grande mestre caçador.

A partir do momento em que ela era considerada mestre caçador, ela supostamente devia possuir muitos nyamans. (Nyamans significa almas vingativas dos homens e dos animais que alguém matou.) Era preciso recolhê-los, e eles foram recolhidos numa pequena cabaça. O sora, que é o *griot*[1] dos caçadores, veio declamar sua oração fúnebre. Por ordem etária, os caçadores deram uma volta no corpo. Enquanto o sora cantava os versículos esotéricos, os caçadores continuaram dando voltas no corpo carregando o fuzil de caça em diagonal sobre o peito e ritmando o canto com um balanço do busto, uma vez à esquerda, outra à direita.

Depois da dança, o cadáver foi levado imediatamente para a beirada do túmulo. Três mestres caçadores vieram debruçar-se sobre o túmulo de irmã Aminata. Eles extraíram e guardaram o coração. Eles foram embora da cerimônia com o coração. Fora da cerimônia, o coração foi frito (frito significa cozido no óleo) e colocado num banho de óleo no interior de um canari (canari significa pote de terra). E o canari foi hermeticamente fechado e enterrado.

Depois de os três mestres caçadores irem embora, os caçadores deram adeus à irmã Hadja, Gabrielle, Aminata, a praticante de excisões, a valente que era sepultada com as honras de um mestre caçador. Todos os caçadores deram adeus descarregando os fuzis num fosso paralelo ao túmulo. O que produziu uma nuvem de fumaça extraordinária. Enquanto o túmulo ainda estava fumegante e todo mundo estava perdido na fumaça, jogaram terra sobre o corpo de irmã Aminata Gabrielle.

Com o crepúsculo, começou a vigília no lugar em que tinha vivido irmã Aminata Gabrielle. No decorrer da vigília, os caçadores falaram da defunta como se ela ainda estivesse

1. Palavra derivada do português "criado"; designa a casta inferior (e seus membros) de poetas músicos, depositários da tradição oral, geralmente malinquês; são encarregados de declinar elogios a personalidades de castas superiores. (N.T.)

viva. Quarenta dias depois do falecimento, realizou-se um rito destinado a purificar e refrescar a alma do defunto. A cabaça foi queimada.

Todo ano, entre o início de março e o final de maio, a confraria dos caçadores organiza o donkun cela. O donkun cela, ou ritos das encruzilhadas, é a mais importante festa da confraria. No decorrer dessa festa, uma refeição coletiva é feita por todos os membros da confraria. No final dessa refeição, são desenterrados os dagas conons. Os dagas conons são os canaris contendo corações fritos dos valentes caçadores. Esses corações são consumidos pelo conjunto dos caçadores em segredo. Isso proporciona ardor e coragem.

Por isso se diz, todo mundo diz, que o coração de irmã Aminata, coronel do exército leonês, serviu como sobremesa delicada e deliciosa num final de festa regado à vontade. (Refeição regada à vontade significa refeição no decorrer da qual se bebeu muita cerveja de milho.) Faforo! Gnamokodê!

VI

Desde que os caçadores tradicionais e profissionais puseram as mãos na região de Mile-Thirty-Eight, a gente mudou da aldeia em que morava a felicidade. (É assim que dizem os nativos negros pretos quando querem contar que perderam a felicidade.) A gente, isto é, o bandido manco e grigriman Yacuba, multiplicador de notas de dinheiro e eu, vosso servidor, o menino de rua sem eira nem beira. Eles tiraram tudo da gente, revistando até nossas cuecas. Quando chegaram na cueca de Yacuba, em vez de descobrirem um bundão, eles deram com uma bolsinha contendo diamantes e ouro. Era nesse lugar, sob o bubu e a calça comprida bufante que Yacuba, o bandido manco, conservava suas economias. Comigo também, revistando minha calça comprida, eles encontraram ouro e diamante. Mas não era nada em comparação com Yacuba, que acabava parecendo, quando andava, alguém que tivesse uma enorme, uma volumosa hérnia nos testículos. (Hérnia significa saliência formada por um órgão, parcial ou totalmente deslocado.) De tanto, de tanto que ele tinha bolsas em volta da cintura e embaixo da calça comprida. Os caçadores tiraram tudo dele, tiraram tudo da gente.

Eles nos fecharam nuns cercados. Nós éramos numerosos, soldados, soldados-crianças e até mulheres. Nós éramos numerosos, todo um batalhão de esfomeados que seguem as tropas das guerras tribais para conseguir um pedaço de mandioca para mastigar. Eles nos fecharam num recinto em que ninguém nos dava o que comer. Nós urramos de fome. Yacuba apelou para sua função de grigriman. Isso não foi suficiente, isso não funcionou. Como nós tínhamos cada vez mais fome e urrávamos cada vez mais alto e como eles não encontravam nada para nos dar de comer, eles soltaram a gente. Depois de interrogatórios sumários, eles soltaram a gente. Nós estávamos livres, sem um tostão e sem armas para pressionar a população.

Os caçadores profissionais não precisavam de Yacuba, o grigriman; todos eles eram grigrimen. Eu também, eu estava livre; os caçadores profissionais e tradicionais, os kamajors, não precisavam de soldados-crianças. O código deles proibia a utilização de crianças na guerra. Para participar da guerra ao lado deles, era preciso ser iniciado como caçador. De modo que, pela primeira vez, nós (Yacuba e eu) estávamos confrontados com a realidade, com a precariedade da guerra tribal.

Foi nessa situação que eu pude admirar a capacidade de se virar de Yacuba para se defender na precariedade. Nós fomos embora de Mile-Thirty-Eight para Freetown. Lá, ele pegou três troncos de árvore e um pouco de palha e montou uma palhoça. (Palhoça, segundo o Inventário, é uma construção leve.) Ele se instalou dentro dela como feiticeiro, como grigriman exímio na transformação em água das balas que passam assobiando. O começo foi difícil. Eu, eu fazia o papel de coadjutor. (Coadjutor significa auxiliar de um feiticeiro.) Mas no fim a gente começou a ter nosso pedaço de mandioca para comer. A gente não estava num hotel cinco estrelas, mas mesmo assim, todo dia a gente tinha o nosso naco para matar a fome. Foi aí que tudo aconteceu, mostrando mais uma vez que Alá não dorme nunca, que ele vela sobre tudo o que há nessa terra, que ele vela sobre os infelizes como nós.

A gente acabou encontrando um equilíbrio entre os homens do democrata Tejan Kabbah e os dos quatro bandidos de quinta categoria que saqueavam a Serra Leoa. Os homens do general bandido nigeriano comandante das forças da Ecomog, os do bandido comandante das forças leonesas, os do bandido Foday Sankoh e os do bandido Highan Norman, ministro da defesa e comandante dos kamajors, os caçadores tradicionais. Sim, havia um equilíbrio entre todos esses diferentes combatentes, esses diferentes bandos, quando o FMI resolveu meter o nariz no problema. O equilíbrio estava estabelecido entre o efetivo de oitocentos caçadores tradicionais, os quinze mil soldados, os vinte mil guerrilheiros de Foday Sankoh e um número secreto de forças da Ecomog. Os soldados do exército ativo recebiam uma alocação mensal de quarenta mil sacos de arroz constituindo uma parte de seu soldo e um dólar por milico (milico significa militar). Os caçadores tradicionais tinham uma alocação mensal de vinte sacos de arroz. O FMI achou (Walahê! Os banqueiros são impiedosos, não têm coração!) que os militares comiam arroz demais, que eles custavam caro demais para a comunidade internacional. E o FMI quis reduzir o número de soldados de quinze mil para sete mil e a alocação mensal de quarenta mil sacos para trinta mil. Os militares resmungaram e juraram por todos os santos que não comiam demais. Só que quando eles começavam a engolir a magra ração de arroz, membros da família e conhecidos deles tinham o incômodo costume de se encontrar exatamente lá, no lugar em que eles comiam. E por causa da velha solidariedade africana, a ração de arroz era dividida entre um número infinito de consumidores. O FMI não levava em conta a solidariedade africana num país desgraçado que nem Serra Leoa. E os militares deram a última palavra. Eles se recusaram a diminuir os efetivos; eles recusaram categoricamente descer abaixo dos trinta e quatro mil sacos por mês.

Para encontrar e servir os quatro mil sacos suplementares de arroz (a diferença entre trinta e quatro mil e trinta mil), o coitado do governo democrático do coitado Tejan Kabbah foi obrigado a aumentar o preço do combustível em todo o país. E o aumento do preço do combustível não deu grande coisa. No primeiro mês, ele pôde pagar os três mil sacos de arroz, no segundo ele só conseguiu dois mil e no terceiro, no mês de maio de 1997, ele só conseguiu o equivalente ao preço de quinhentos sacos. Quinhentos sacos. Depois que os oficiais se serviram, não sobrou nada para os meganhas, os praças. As conseqüências não tardaram: o putsch estourou no dia 25 de maio. (Putsch significa levante, golpe armado feito por um grupo.) Naquele 25 de maio, o putsch estourou mais facilmente ainda porque havia uma deriva étnica por parte de Tejan Kabbah. (Deriva significa que o governo de Kabbah favorecia a etnia mendê.)

No raiar do dia 25 de maio, a coisa começou com choques frontais mortíferos entre as tropas da Ecomog e certos elementos do exército ativo. Depois Freetown inteira pegou fogo. O presidente Tejan Kabbah djona-djona pulou para dentro de um helicóptero da Ecomog. O helicóptero levou-o para Conacri, capital da Guiné, para junto do ditador Lansana Conté, onde tudo era mais tranqüilo. Lá ele teve tempo de sobra para pedir aos Estados membros da CEAO que lhe restituíssem o poder. E ele tinha feito muito bem passando sebo nas canelas (passar sebo nas canelas é fugir). Porque depois, em Freetown, todo mundo começou a atirar em todo mundo. Do mar, os navios da Ecomog da Nigéria bombardearam fazendo a maior baderna. Foram dois dias de bombardeio e com isso aconteceu o mais belo golpe de Estado, isto é, o mais mortífero neste país desgraçado que é Serra Leoa e que já tinha visto coisa de tudo quanto é jeito. Quase cem mortos. Depois de dois dias de massacre, as coisas se organizaram. A nova junta (conselho militar revolucionário) dissolveu o parlamento, suspendeu a constituição, proibiu os partidos políticos e decretou o toque de recolher. A junta instaurou o governo do Conselho Revolucionário das Forças Armadas (AFRIC).

Os putschistas (grupo de pessoas armadas que tomam o poder) escolhem como chefe, como presidente, Johnny Koroma. Johnny Koroma aceita. Eles o libertam da cadeia onde estava trancado depois de uma primeira tentativa de golpe de Estado. Eles designam como vice-presidente Foday Sankoh, e Foday Sankoh, de sua cadeia na Nigéria, pediu a seus guerrilheiros perdidos no mato e na floresta que obedecessem à junta.

Aí então, com Foday Sankoh como vice-presidente, a comunidade internacional, unânime, reagiu mal ao golpe de Estado, mas reagiu muito mal mesmo. Todo mundo estava com o saco cheio da desgraçada Serra Leoa com todas as suas desgraças.

A partir do dia 27 de maio, o Conselho de Segurança, ao cabo de suas deliberações, “deplora energicamente essa tentativa de derrubada e pede que seja imediatamente restabelecida a ordem institucional". Fato capital: o Conselho de Segurança lança um "apelo a todos os países africanos e à comunidade internacional para que se abstenham de reconhecer o novo regime e de apoiar de qualquer modo que seja os autores do golpe de Estado".

A trigésima terceira reunião de cúpula dos chefes de Estado e de governo da OUA (Organização da Unidade Africana) realiza-se em Harare, no Zimbábue, entre os dias 2 e 4 de junho. Na resolução final, essa reunião condena o golpe de Estado de 25 de maio e pede que a crise seja resolvida no âmbito da CEAO.

E a CEAO é a Nigéria. A Nigéria, isto é, o ditador da Nigéria, o bandido criminoso Sani Abacha. Sani Abacha que, mais do que qualquer outro nesse planeta, estava com o saco cheio daquela zona que é a Serra Leoa. Sani Abacha proscrito do conjunto dos chefes de Estado depois do assassinato dos representantes do povo ogoni (proscrever alguém é declará-lo indigno, bani-lo, condená-lo ao desprezo público), Sani Abacha proscrito e com necessidade de recauchutar sua virgindade (recuperar uma inocência perdida e recomeçar sobre boas bases), Sani Abacha, o ditador criminoso da Nigéria que quer assumir uma liderança sub-regional (líder significa chefe), Sani Abacha que quer desempenhar o papel de xerife da África Ocidental. Por todas essas razões é que Sani Abacha mandou vir um montão de navios de guerra até as águas territoriais desse país desgraçado que é Serra Leoa. E esses navios bombardeiam a cidade de Freetown, a capital mártir desse país desgraçado.

A Nigéria da Ecomog tinha achado que seria um passeio, que ia botar de joelhos o AFRIC em uma semana ou, no máximo, três. Foi um erro. Johnny Koroma e a RUF transformados numa única força resistiram apesar dos estragos, das destruições maciças operadas pelas forças da Ecomog.

Johnny Koroma, no dia 13 de junho, apelou para os caçadores tradicionais, os kamajors. Em nome da pátria Serra Leoa, ele pediu a eles que dessem trégua à discórdia, que combatessem com o AFRIC contra as forças de ocupação nigerianas. A resposta dos kamajors a Johnny Koroma veio no dia 27 de junho, quando, armados de lança-foguetes e granadas, eles atacaram em três pontos diferentes o 38º Batalhão na cidade de Koribundu, a duzentos quilômetros a sudeste da cidade de Freetown. A violência do ataque obrigou a junta a enviar reforços militares para Koribundu vindos de Bo e de Moyamba. Como já tinha acontecido em Koribundu, foram então todos os distritos do leste e do sul que se meteram no atoleiro dos enfrentamentos mortíferos. A aliança formal entre o AFRIC e a RUF contra os nigerianos e os kamajors agravou a anarquia, deu uma nova base à RUF, que até então se opunha a qualquer compromisso. A comunidade internacional reagiu seguindo dois métodos, a pressão e a negociação.

No domínio da negociação, para levar a termo as decisões tomadas pelo Conselho de Segurança, o conselho dos ministros das Relações Exteriores da CEAO optou pela criação de um comitê ministerial compreendendo os representantes da Nigéria, da Costa do Marfim, da Guiné e de Gana. A esse comitê, juntaram-se os representantes da OUA e da CEAO. Esse comitê de quatro tinha como missão acompanhar a evolução da situação na Serra Leoa e empreender negociações com a junta a fim de obter o restabelecimento da legalidade constitucional na Serra Leoa.

No domínio da pressão, a instauração, o reforço do boicote. O aeroporto de Lungi é ocupado pelas forças nigerianas.

Ele serve de apoio a uma poderosa artilharia que bombardeia a cidade sem parar. As águas territoriais de Serra Leoa são objeto de uma vigilância estrita por parte dos navios nigerianos. Esses navios nigerianos bombardeiam a torto e a direito.

Serra Leoa está privada de tudo, de alimentos, de medicamentos.

O primeiro resultado das pressões foi o contato entre o comitê dos quatro e uma delegação da junta. Esse contato ocorreu nos dias 17 e 18 de julho no vigésimo terceiro andar do hotel Marfim, em Abdijão. Na saída do encontro, o comunicado aponta a esperança de o presidente eleito vir a ocupar de novo seu posto de chefe democraticamente eleito. A boa vontade dos representantes de Johnny Koroma é tal que o comitê consente uma suspensão das pressões, dos bombardeios. Deixam aos representantes do AFRIC o tempo de ir para casa e voltar com proposições concretas.

A segunda rodada das negociações de Abdijão (rodada significa etapa de uma negociação difícil) abriu-se nos dias 29 e 30 de julho de 1997, sempre no vigésimo terceiro andar do hotel Marfim. Ela devia tratar das modalidades do estabelecimento da legalidade constitucional. Surpresa! As novas proposições da junta estão em total desacordo com os pontos resolvidos no decorrer do primeiro encontro de 17 de julho. A junta quer manter a suspensão da constituição e permanecer no poder até o ano 2001. O comitê exprime sua profunda decepção. Os negociadores não se deixam desanimar pela reviravolta da junta. Em conformidade com as decisões do comitê de Conacri, de 26 de julho, o comitê rompe as negociações, pede o reforço do boicote. Proscrita da comunidade internacional, a junta torna-se objeto de uma pressão constante.

Desde o início do mês de agosto de 1997, incessantes combates devastam Serra Leoa. O país está entregue aos bombardeios do impressionante contingente da Ecomog e ao assédio dos kamajors. Ele está abalado pelo isolamento no qual o confinaram os Estados da CEAO. Para atenuar o peso das pressões externas e internas, a junta tenta diminuir a tensão. Ela solicita o auxílio da Guiné para relançar os debates interrompidos no dia 29 de julho. O ditador impenitente (impenitente significa que não renuncia a um hábito julgado ruim, incorrigível) Lansana Conté recebe no dia 9 de agosto no pequeno palácio de Boulbinet uma delegação leonesa conduzida pelo tio do major Johnny Koroma, o ex-presidente Joseph Saidu Momoh. Das conversas, resulta que a junta está "disposta a prosseguir as negociações com o comitê dos quatro mandatado pela CEAO com vistas a um retorno à paz" e a reafirmação, em alto e bom som, que a data de novembro 2001 anunciada para um retorno ao regime civil é negociável. Tratava-se de preparar um calendário de transição.

Nesse momento é que ocorre a vigésima reunião de cúpula da CEAO em Abuja (Nigéria), em 27 e 28 de agosto, para discutir o papel da Ecomog na resolução da crise de Serra Leoa. A cúpula pede apenas uma coisa: o reforço do boicote. Ainda o reforço do boicote.

Desde setembro de 1997, Serra Leoa está privada de alimentos e combustível. O país conhece uma recessão dramática, que se traduz pela paralisação de todas as atividades econômicas. As conseqüências do boicote são desastrosas para a economia, mas a guerra também causa a ruína da situação sanitária do país. Além dos obuses no aeroporto de Lungi ocupado pelas forças nigerianas, bombardeios sobre pontos estratégicos da capital causam prejuízos materiais importantes. O controle estrito das águas territoriais impede a circulação dos navios, das chalupas e das pirogas.

As camadas socioprofissionais, funcionários públicos, professores, médicos e estudantes, por reação, lançam uma operação de desobediência civil, provocando o disfuncionamento da administração, tendo como pano de fundo a crise econômica. (Disfuncionamento significa perturbação, dificuldade no funcionamento.) Tudo está em falta, os medicamentos e, sobretudo, o combustível.

A situação geral era desastrosa, ela não podia ficar pior do que estava. Walahê! Portanto ela era boa para a gente. Faforo! A gente, Yacuba, o bandido manco, feiticeiro multiplicador de notas de dinheiro, e eu, Birahima, o menino de rua sem eira nem beira, a criança-soldado. Gnamokodê! Nós fomos chamados, nós pegamos no batente imediatamente.

Yacuba, o bandido manco, deu pulos com uma perna só e gritou "Walahê!", Alá estava com a gente. A gente podia pegar no batente de novo. Yacuba se instalou como grigriman e eu, eu fui me juntar às crianças-soldados.

As crianças-soldados voltaram à sua missão costumeira, a espionagem. No decorrer de uma missão de espionagem, os caçadores mataram três crianças-soldados. Entre as crianças-soldados mortas, estava Siponni, a víbora. Eu faço questão de rezar a oração fúnebre de Siponni porque eu quero. No caso dele, Siponni, foi a escola da vagabundagem que foi a perdição dele. Ele estava no segundo ano primário na escola de Toulepleu. Depois de ter sido reprovado duas vezes porque quase nunca comparecia às aulas. Vagabundagem atrás de vagabundagem, um dia ele ficou com o saco cheio, deixou tudo para lá e vendeu tudo. O lápis, o caderno, a lousinha, tudo, tudo mesmo, até a pasta para transportar o material escolar. E com o produto da venda ele comprou bananas. Isso mesmo. Isso ele fez de manhã, mas de noite o problema de voltar para casa se colocou. Como é que Siponni podia voltar para casa sem sua pasta escolar? Ele ia levar uma surra da mãe e do padrasto. (Levar uma surra significa ser maltratado por meio de pancadas, socos, chicotadas.) Ele ia levar uma surra e ser proibido de comer. Não, Siponni não podia voltar para casa. Para onde ir? Ele se pôs a andar a esmo e chegou até as imediações de um hotel. Ele viu sair de lá um libanês gordão. Ele se apresentou ao libanês como um menino sem pai nem mãe que estava tentando arranjar uma colocação de boy. "Ah, nem pai, nem mãe, aí está um que eu posso empregar sem pagar", murmurou consigo mesmo o libanês, e o contratou imediatamente.

No dia seguinte, Siponni foi embora de Toulepleu com seu novo patrão, para a cidade de Man. Depois de algumas semanas a serviço do patrão, que se chamava Feras, Siponni notou que Feras carregava muito dinheiro e o guardava num armário de cuja chave ele nunca se separava. Uma noite, entretanto, antes de ir tomar banho, Feras pendurou sua calça comprida com a chave. Siponni pegou a chave, abriu o armário, pegou a pasta de executivo cheia de notas. Ele foi colocar a pasta no jardim antes de vir se despedir do patrão. Naquela mesma noite, ele foi ver com a pasta cheia de notas um velho que se chamava Tedjan Turê. Tedjan Turê dizia que era irmão, à moda africana, da mãe de Siponni, tio de Siponni, portanto. Tedjan guardou a pasta e, de manhã bem cedo, os dois tomaram um caminhão para a cidade de Dananê.

Lá, Siponni foi levado para a casa de um amigo de Tedjan. Meses se passaram. Um dia, Tedjan Turê chegou, com o rosto descomposto. Depois de longas explicações constrangidas, ele tocou no essencial. A pasta tinha sido roubada. Isso mesmo, roubada. Apesar do jeito dele e das longas explicações, Siponni permanecia cético. Siponni fez algumas perguntas às quais Tedjan respondeu. Não era possível, Siponni não acreditou nas declarações de Tedjan e decidiu que não ia ser enrolado daquela maneira. Sem perder tempo, ele foi à delegacia mais próxima para se entregar e denunciar seu receptador Tedjan. Foram buscar Tedjan e levaram ele até a polícia. Pela tortura, fizeram ele confessar. Conduziram os dois (Siponni e Tedjan) para a prisão. Tedjan na prisão central e Siponni na prisão dos pequenos.

Na prisão das crianças, Siponni topou com Jacques. Jacques tinha ouvido falar das crianças-soldados da Libéria e de Serra Leoa e o único sonho dele era ser criança-soldado. Ele comunicou seu entusiasmo a Siponni. (Entusiasmo significa admiração apaixonada.) Eles decidiriam ir os dois para a Libéria, para junto das crianças-soldados. Eles esperavam por uma oportunidade, ela surgiu quando o time da prisão foi jogar contra um time paroquial de uma aldeia a alguns quilômetros de Man. Siponni e Jacques aproveitaram para sair de fininho. Eles sumiram na floresta. Depois de longas peregrinações eles encontraram guerrilheiros. Os guerrilheiros deram a eles armas, bem como cursos sobre o manejo da kalach. E pronto, eles viraram crianças-soldados. Foi assim que Siponni se tornou uma criança-soldado.

Como é que ele ganhou a alcunha de víbora? Por diversos fatos, inclusive a peça que pregou aos habitantes da aldeia de Sobresso. As outras crianças-soldados atacavam de frente. Como foi que ele, Siponni, deu um jeito para deslizar e pegar os aldeões pela retaguarda? Assim ele acabou com a rota de fuga deles. Eles capitularam. (Capitular é cessar toda resistência, reconhecer-se como vencido.) Siponni os surpreendeu e traiu que nem uma cobra, que nem uma verdadeira víbora.

Nós estávamos bem integrados no exército de Johnny Koroma. Johnny recrutava uma batelada de crianças-soldados. (Batelada significa grande quantidade.) Porque as coisas iam de mal a pior, e as crianças-soldados vão bem quando tudo vai mal. As crianças-soldados estavam cada vez mais cruéis. Elas matavam os pais antes de serem aceitas. E provavam pelo parricídio que tinham abandonado tudo, que não tinham mais nenhum outro laço afetivo neste mundo, nenhum outro lar além do clã de Johnny Koroma. Os chefes de grupos do exército de Johnny estavam cada vez mais cruéis, cada vez mais bele-bele (fortes). Para mostrar isso, eles comiam o coração das vítimas, das vítimas deles que tinham se comportado com valentia antes de morrer. Aí todo mundo apontava para o antropófago, todo mundo o temia, e o antropófago sentia-se orgulhoso por ser considerado alguém cruel capaz de todas as desumanidades. (Desumanidade significa barbárie e crueldade.)

A gente fazia parte do bando de Surugu. (Bando significa grupo de homens que combatem juntos sob o mesmo estandarte seguindo o mesmo chefe.) Surugu era um chefe do exército de Johnny Koroma. A gente estava indo para o oeste quando encontrou (ah, surpresa!) Seku, nosso companheiro de desgraça, que estava descendo para o leste. Seku estava acompanhado por seu coadjutor, o pequeno e fiel Bakary. A gente saiu das fileiras do bando; a gente chamou eles de lado. Eu preciso meter na memória de vocês esse maldito, esse bandido Seku, amigo de Yacuba. O que Seku estava fazendo naquele país de kasaya-kasaya? (Kasaya-kasaya significa malucos.) Seku era o marabuto que em Abdijão tinha mostrado os segredos de feiticeiro e de multiplicador de notas de dinheiro a Yacuba. Era o homem que tirava de supetão (de supetão significa bruscamente) de debaixo das mangas do bubu um frango branco cacarejando.

Yacuba não queria ver ele de novo porque, primeiro, era um concorrente e, segundo, cada vez que tinha revisto ele, tinha acontecido depois alguma infelicidade. Seku andava como se fosse um doente de hérnia (como alguém que tem uma enorme hérnia no rabo) de tantas, de tantas bolsas de diamantes e ouro que ele carregava por baixo da calça comprida. Seku parecia Yacuba antes de ser revistado pelos caçadores. Que nem ele, ele guardava consigo todas as economias, na cintura e na calça comprida bufante. Faforo! Quando o vi não deu para segurar, eu caí na risada. Ele ficou bravo. Ele não deixou a gente encadear as saudações quilométricas que encadeiam os diúlas, os mandingas (como se diz em pidgin) quando se encontram. Ele se declarou surpreso de ver que a gente ia para o oeste. "Todos os diúlas, malinquês, mandingas da Libéria inteira, da Serra Leoa inteira estão indo para o leste. O que vocês vão fazer no oeste?" — foi a pergunta que ele fez para a gente.

A gente não teve tempo de responder, ele nos contou o que tinha acontecido de extraordinário na Libéria e em Serra Leoa. Todos os africanos, nativos, negros selvagens desses dois países, mais os negros americanos racistas da Libéria, mais os negros criôs de Serra Leoa tinham se unido contra todos os malinquês, os mandingos. Eles queriam botar eles para fora da Libéria e da Serra Leoa. Eles iam botar todos para fora, seja lá de onde fosse que eles viessem: da Guiné, da Costa do Marfim ou da Libéria. Eles queriam botar eles para fora ou massacrar todos devido ao racismo. Um chefe de guerra malinquê chamado El Hadji Koroma, da Libéria (não confundir com Johnny Koroma, da Serra Leoa), tinha decidido salvar os malinquês. Ele estava agrupando eles nas aldeias do leste. Por isso é que todos os malinquês estavam a caminho do leste.

Yacuba respondeu que ele nunca tinha ouvido falar numa coisa daquelas na Serra Leoa, no exército de Johnny Koroma. Ele, Yacuba, ia bem, muito bem, naquele exército, como chefe grigriman muçulmano e ele era temido e respeitado por todo mundo. Ele não tinha sofrido a menor ameaça e ia continuar sua caminhada para o oeste com o bando de Surugu. Ele não acreditava de jeito nenhum nas palavras de Seku.

Seku respondeu que se Yacuba não acreditava, era problema dele. Mas a tia acreditava na ameaça dos negros africanos nativos selvagens da Libéria inteira e de toda a Serra Leoa. Ela se fora para o leste, na companhia de um grupo de malinquês, para um enclave de El Hadji Koroma. (Enclave significa terreno ou território encravado em outro.) Era eles que Seku estava indo encontrar.

A gente ficou de queixo caído. (A gente ficou surpreso.) Então quer dizer que a tia estava no leste, no enclave de Koroma, de El Hadji Koroma. A gente tinha que salvar ela de qualquer jeito. A gente precisava romper às escondidas com o exército, com o bando de Johnny Koroma. A gente deixou Seku e seu coadjutor prosseguirem na rota dos desgraçados (condenados às penas do inferno) na direção do leste. A gente ia juntar-se a eles depois; a gente precisava de tempo para sair à socapa. (Sair à socapa é sair discreta e habilmente.)

A gente aproveitou de uma parada para sair pela tangente. (Sair pela tangente é esquivar-se.) Dois dias depois, a gente pôs o pé na estrada na direção do leste, na direção da fronteira costa-marfinense. A kalach escondida embaixo de nossos bubus. Isso, isso era a guerra tribal que determinava. Para deixar claro que era um feiticeiro, Yacuba tinha pendurado vários grigris no pescoço e inúmeros talismãs nos braços. Os balangandãs batiam até na barriga da perna dele. Eu também, eu estava carregado de amuletos e segurava numa das mãos um Corão semi-aberto. De modo que todos os negros selvagens nativos da Libéria que a gente encontrava no caminho saíam do meio da estrada djona-djona, ficavam parados na beirada e deixavam a gente passar.

A gente andou desse jeito durante três dias. No quarto dia, numa curva, a gente deu de cara com o primo Saydu Turê. O primo estava mirificamente armado. (Mirificamente significa maravilhosamente.) Nada menos que seis kalachs, duas penduradas no pescoço, duas suspensas em cada ombro. E enrolados nele, cinturões de balas. E acima dos cinturões de balas, colares de feitiços. A barba e o cabelo dele estavam hirsutos (em desalinho). Apesar de seu aspecto repugnante, eu pulei no pescoço dele. Eu estava feliz por encontrá-lo.

Depois do abraço, eu olhei para o primo com curiosidade, dos pés à cabeça e da cabeça aos pés. Ele me fixou bem e disse dando uma gargalhada espantosa: "Num país de kasaya-kasaya como a Libéria, é preciso pelo menos seis kalachs para dissuadir os outros (fazer alguém mudar de idéia)!"

Meu primo Saydu Turê era o maior brigão, o maior mentiroso, o maior beberrão de todo o norte da Costa do Marfim. Ele bebia tanto, brigava tanto, que sempre estava preso e tinha um processo contra ele; num período de seis meses, não ficava em liberdade por mais de um mês. Meu outro primo, o doutor Mamadu Dumbia, tinha aproveitado de um dos raros períodos de liberdade do primo Saydu para encarregá-lo de uma missão perigosa. Ele tinha lhe pedido em desespero de causa (em última instância) que procurasse no país desgraçado que é a Libéria sua mãe, a tia Mahan. Ele o recompensaria com um milhão de francos CFA se ele a encontrasse. Saydu tinha aceitado com prazer. A tia Mahan era a infeliz que a gente estava procurando, a gente também, há mais de três anos, naquela Libéria da guerra tribal. A gente estava feliz de encontrar o primo Saydu. A gente tinha decidido seguir caminho junto.

O primo Saydu Turê era um fabulador (aquele que substitui um fato vivido por uma aventura imaginária), um pilantra. Ele gostava do doutor Mamadu Dumbia que sempre lhe enviava dinheiro na cadeia. Ele falava dele sem parar com muita ternura. (Ternura significa sentimento de amizade e de amor.)

Aos sete anos, o pequeno Mamadu Dumbia tinha andado cento e oitenta quilômetros pela estrada acompanhado de uma velha escrava alforriada e de uma moça. Naquele tempo, os africanos negros nativos selvagens ainda eram burros. Eles não entendiam nadica de nada: eles davam comida e abrigo a todos os estrangeiros que chegavam na aldeia. E Mamadu e suas duas companheiras foram hospedados e alimentados na boa (grátis) durante os seis dias inteiros que durou a viagem.

Eles chegaram um dia em Boundiali e as duas acompanhantes se sentaram e explicaram as razões da missão delas. Na aldeia, Alá tinha presenteado o caçador violento com uma tremenda prole. (Tremenda prole significa grupo numeroso de crianças barulhentas.) O caçador violento era o irmão mais novo do patriarca Turê. O caçador violento tinha decidido dar de presente a seu irmão mais velho uma parte de sua criançada, a parte da prole do caçador violento que cabe ao patriarca. Essa parte era constituída pelo pequeno Mamadu. As duas tinham vindo acompanhar o pequeno Mamadu para dá-lo de presente a Turê, o patriarca Turê. O tio Turê tinha direito de vida e morte sobre o pequeno Mamadu. O pequeno Mamadu terá que se deitar em qualquer lugar que o tio lhe pedir, e deitar sem bronquear. O tio Turê, o patriarca, agradeceu as duas acompanhantes, pegou o pequeno Mamadu pelo braço, convocou (chamou à sua presença) sua primeira mulher e deu a ela o pequeno Mamadu. A ela é que pertenceria o pequeno Mamadu. A primeira mulher do patriarca se chamava Tania e Tania era a mãe de Saydu.

A volta às aulas já tinha ocorrido. O patriarca levou seu sobrinho até o comandante branco tubab colono colonialista. O comandante autorizou a matrícula do pequeno Mamadu na escola de Boundiali.

Saydu e o pequeno Mamadu foram juntos para a escola. Saydu tinha a mesma idade que Mamadu e Saydu era ciumento: ele não queria que a mãe dele cuidasse do pequeno Mamadu com a mesma ternura que cuidava dele. Ele brigou muitas vezes com o pequeno Mamadu. A mamãe de Saydu separava os dois e sempre dava razão a Mamadu.

Eles dormiam, Saydu e o pequeno Mamadu, numa esteira ao pé da cama de mãe Tania. E o pequeno Mamadu fazia xixi na cama. Ele não era limpo. Ele era um porcalhão. Sob a esteira fervilhavam vermes enormes. (Vermes significa ovos de mosca-varejeira.) Saydu concebeu uma idéia para se livrar do pequeno Mamadu. Uma noite ele fez um cocozão, um cocozão enorme, em cima da esteira ao pé da cama e, de manhã, afirmou intransigentemente (de maneira inflexível, obstinada, sem voltar atrás) que não era ele, Saydu, mas sim o pequeno Mamadu que tinha se aliviado daquele jeito. Como o pequeno Mamadu era um banana, um tímido, ele não soube se defender. Ele sentou e chorou; foi uma prova, a prova que era ele que tinha feito cocô. A mãe de Saydu, Tania, ficou brava. Para punir o pequeno Mamadu, mandaram ele ir dormir na cabana dos boys, com os boys (os empregados). Os boys puseram ele no fundo da cabana, à parte. Ele continuou fazendo xixi na cama, continuou vivendo no meio do ninho de vermes. O ninho que aparece sob a esteira da criança que não é asseada.

Saydu e o pequeno Mamadu continuaram a ir à escola juntos. Mamadu se revelou inteligente, muito inteligente, e Saydu tapado. Saydu tinha todo tipo de dificuldade. Ele pronunciava mal, escrevia com uma letrinha porca e toda torta. Num país desenvolvido, Saydu teria sido tratado por um psicólogo. Quando ele fez dez anos, o professor não teve outro remédio a não ser mandar Saydu embora da escola da aldeia.

Durante os quatro anos que durou a primeira guerra, Mamaduzinho foi sozinho para a escola da aldeia. Mas lá não tinha professor nenhum. Depois da guerra, Mamadu estava grande demais, velho demais para o segundo ano do grupo. Mandaram ele também embora.

O professor da aldeia preparou Mamadu e fez com que ele se apresentasse para o exame, que lhe deu um diploma. O que foi considerado como uma façanha por parte dos negros africanos nativos sem muita iniciativa. Façanha que o comandante e o diretor do setor branco decidiram encorajar. Eles modificaram os termos da certidão de nascimento de Mamaduzinho. Mamaduzinho ficou com cinco anos a menos e pôde preencher todas as condições para ser admitido na escola primária superior (EPS) de Bingerville. Ele entrou na EPS, depois na escola normal de Gorée e depois ainda na escola de medicina de Dacar.

Enquanto Mamadu prosseguia seus brilhantes estudos, Saydu começava sua desgraçada vida. Brigas e mais brigas, cadeia depois de cadeia. Fugas pela Costa do Marfim afora, pela AOF[1] afora. Aventuras no Saara, no Saara do Níger, no Saara do Tibesti, no Saara libiano. Retorno à aldeia e de novo cadeia depois de cadeia até essa última liberação no decorrer da qual Mamadu pediu a ele para entrar na floresta liberiana a fim de resgatar a mãe dele.

Saydu contou sua vida de desgraçado e a do doutor Mamadu Dumbia durante todo o trajeto pela estrada da Libéria da guerra tribal. Durante três dias e três noites. No quarto dia, a gente atingiu a aldeia de Worosso, não distante da fronteira marfinense. A gente, isto é, Yacuba o multiplicador de notas de dinheiro e feiticeiro muçulmano, Saydu o bandido encarregado pelo doutor Mamadu de encontrar a tia e eu, o menino de rua sem eira nem beira, o soldado-criança. Era em Worosso que se encontrava o campo de El Hadji Koroma. O campo era limitado por crânios humanos içados sobre estacas como em volta de todos os campos da guerra tribal da Libéria e da Serra Leoa. Walahê (em nome do Todo-Poderoso)! É a guerra tribal que determina isso. A gente avançou em direção ao que podia ser chamado de portão, indicado por dois crânios espetados em estacas tendo, no meio, dois soldados-crianças armados. A gente estava prestes a cumprimentar em malinquê. Bruscamente, a gente foi rodeado por uma dezena de guerrilheiros armados até os dentes. Eles brotaram do chão da

1. África Ocidental Francesa. (N.T.)

floresta das redondezas do campo. Eles tinham se levantado com prontidão (com prontidão significa com rapidez). A gente ainda quis cumprimentar. Sem querer ouvir, eles ordenaram em voz alta: "Mãos ao alto!" Sem hesitar, a gente levantou os braços. Eles nos desarmaram. Eles revistaram a gente até as cuecas. É a guerra tribal que determina uma acolhida dessas. Sempre sem responder a nossos cumprimentos, eles pediram que cada um de nós se apresentasse.

Foi Saydu que começou. Saydu contou histórias inverossímeis sobre suas façanhas. Primeiro ele era coronel no ULIMO (United Liberation Movement). Era mentira: ele estava chegando diretamente da cadeia de Boundiali. Por ser coronel é que ele possuía seis kalachs. O que também era mentira. Quando o doutor Mamadu o encarregou de procurar sua mamãe, Saydu quis ter armas. O doutor Mamadu Dumbia acompanhou-o até Man, na fronteira liberiana, onde se encontram kalachs a preço de banana. O doutor quis comprar uma para ele, mas foi seis que ele quis. Ele lhe comprou seis, pensando que isso poderia servir de meio de troca para ele, de viático em suas aventuras. (Viático significa conjunto de provisões para viagem, que pode ser de dinheiro ou de víveres.) E foi armado de seis kalachs que ele penetrou na floresta liberiana da guerra tribal. Saydu prosseguiu com suas fabulações. Ele pretendeu ter ficado contente, muito contente, quando soube que El Hadji tinha se retirado com todos os malinquês para se consagrar à salvaguarda (salvaguarda significa proteção concedida por uma autoridade) da etnia malinquê. Ele tinha ficado tão contente que tinha decidido sair do ULIMO. O ULIMO, devido à sua patente e à sua coragem, não quis deixar ele ir embora. Os chefes do ULIMO pediram para ele ficar. Ele disse não e acusou publicamente seus chefes do ULIMO de terem matado, eles também, muitos malinquês. Os chefes do ULIMO não gostaram. Eles armaram uma emboscada para Saydu, prenderam ele, desarmaram, acorrentaram e puseram na cadeia. Saydu continuava contando suas aventuras. Os chefes do ULIMO não sabiam que ninguém nesse mundo podia fazer ele ficar trancado numa cadeia, ele, Saydu. Saydu abriu passagem pelos muros das cadeias e se apresentou diante deles com os braços soltos, sem corrente nenhuma. Então, os chefes do ULIMO, todo mundo do ULIMO atirou nele: eles atiraram sem sucesso. As balas transformavam-se em água e escorriam pelo corpo dele. Os chefes do ULIMO e os soldados e as crianças-soldados entraram em pânico. Todos eles zarparam (zarpar é ensebar as canelas). Eles foram embora sem as armas. Saydu pegou seis, que ele levou para El Hadji Koroma.

Depois de Saydu, foi Yacuba que se apresentou. Yacuba também começou a fabular. Em Serra Leoa, junto com Johnny Koroma, ele tinha a patente de coronel, coronel grigriman. Aquilo era mentira, pura mentira. Ele era coronel porque tinha obtido resultados extraordinários. Ele tinha feito com que os bombardeios dos navios e dos aviões da Ecomog se tornassem ineficazes. Tudo que era tiroteio que vinha dos aviões, dos inúmeros navios ao longo das costas, dos vários canhões instalados no aeroporto, tudo o que eles tinham enviado contra Serra Leoa se transformava em água. Não adiantou nada os militares da Ecomog usarem obuses contra o povo leonês, os obuses não explodiram. Yacuba tinha conseguido enfeitiçar um exército inteirinho, o exército e suas máquinas de guerra. E não era só isso. Ele tinha conseguido tornar todos os guerrilheiros, todas as crianças-soldados de Johnny invisíveis para os invasores da Ecomog. Os invasores atiravam no vazio.

Afastaram Yacuba o feiticeiro. Chegou a minha vez.

Tendo ouvido os dois, Saydu e Yacuba, contarem aquele montão de lorotas, eu quis me valorizar que nem eles. Eu disse que eu também, eu tinha a patente de comandante das crianças-soldados de Johnny Koroma. Que eu era um campeão da espionagem. Que eu consegui me infiltrar até o Estado-Maior da Ecomog. Que eu consegui passar a mão nos mapas deles, todos os mapas deles. De maneira que a Ecomog bombardeava às cegas (significa ao acaso). Que eu tinha posto um laxante no whisky do chefe do Estado-Maior que foi acometido por uma caganeira (significa diarréia). Ele não podia parar no lugar. Usando uma piroga, eu tinha abordado os navios nas águas territoriais que bombardeavam. Eu tinha montado a bordo dos navios, eu tinha envenenado os víveres dos marujos. Os marujos tinham morrido que nem moscas. Eles tinham pensado que era uma epidemia. Os marujos abandonaram os navios. E que era por isso que os bombardeios tinham cessado.

Depois de nossas fabulações, os guerrilheiros começaram a responder em malinquê aos nossos cumprimentos. Eles nos desejaram as boas-vindas. Por causa do nosso jeito de falar, eles ficaram sabendo que éramos verdadeiros malinquês, e não gyos ou krahns que vinham para espionar. Portanto, em Worosso, no campo de El Hadji Koroma, nós estávamos em casa, nós éramos bem-vindos. Nós seríamos integrados ao exército de El Hadji Koroma com as patentes que tínhamos em nossas corporações anteriores. O grande exército patriótico do generalíssimo El Hadji Koroma precisava de oficiais tão valorosos quanto nós.

Foi assim que nos vimos, todos nós, oficiais superiores do exército de El Hadji Koroma. A gente estava numa boa: a gente tinha direito a ordenanças (ordenança significa soldado às ordens de uma autoridade militar) e sobretudo a uma dupla ração de comida.

Mas no campo de El Hadji Koroma comia-se mal. Serviam um pratinho com uma pequena porção de arroz que não daria nem para uma avó estropiada que está entregando a alma no fundo de uma cabana. O arroz não era suficiente. Mas não era mesmo.

O sistema de El Hadji Koroma era baseado numa exploração dos refugiados, uma malandragem para com as ONGs (organizações não-governamentais). Nós, as tropas, retínhamos à força os refugiados malinquês que as ONGs deviam alimentar. E exigíamos das ONGs que tudo o que devia chegar aos refugiados passasse por nossas mãos. Nós nos servíamos fartamente antes de pensar nos destinatários. Cada vez que as ONGs se apresentavam com arroz e medicamentos, uns pobres refugiados bem orientados apareciam diante do portão e faziam as mesmas declarações:

"Por que vocês não querem confiar em nossos irmãos, os homens de El Hadji Koroma, que nos salvaram a vida? Eles nos dão tudo o que vocês entregam a eles. São nossos irmãos. Tudo o que é dado a eles nos é como se fosse entregue em nossas mãos. Nós não podemos sair para receber as doações e vocês não podem entrar no campo. Nós, refugiados do campo de Worosso, recusamos, desistimos de todas as doações que não passarem por nossos irmãos."

Diante da miséria, do despojamento (miséria extrema) dos refugiados e da determinação deles, as ONGs cediam. E a gente se servia bem antes de pensar nos refugiados.

A gente prosseguiu com aquela ginástica todos os dias, durante três meses. No entanto não esquecemos da tia. Não.

A gente continuava procurando ativamente, mas à socapa. A gente, quer dizer, o coronel Saydu, o fabulador, o coronel grigriman Yacuba, o bandido manco, e eu, o comandante Birahima, a criança de rua sem eira nem beira. A gente procurava à socapa porque, caso tivessem sabido que a gente estava à procura da tia, a gente teria perdido nossas patentes (nossos galões).

Um dia Saydu veio nos contar uma coisa incrível. Yacuba e eu pensamos de início que era uma de suas inúmeras fabulações. Mas ele me pegou pelo braço e me levou até a casa do generalíssimo. Era verdade, era verdade mesmo, o doutor Mamadu Dumbia estava no campo de Worosso de El Hadji Koroma. Bem ali na nossa frente. O doutor tinha vindo. Ele tinha se dirigido diretamente ao próprio El Hadji Koroma. O generalíssimo tinha dado as ordens. Investigações tinham sido iniciadas. Tinham encontrado os vestígios da tia Mahan. Ela chegara ao campo doente. O mais verossímil é que ela tivesse malária e um febrão danado que tinham feito com que ela não saísse da esteira (que ficasse acamada). Naquele momento, os malinquês do campo, todos os malinquês do campo, estavam boicotando (cessação voluntária de todas as relações com uma organização) as ONGs. Eles não queriam colaborar com as ONGs porque as ONGs tinham recusado colaborar com El Hadji Koroma, o salvador deles. A ONU mandou ao campo funcionários com macas para evacuar os doentes em direção de um centro sanitário. A tia Mahan recusou. Ela simplesmente recusou, para ficar solidária com todos os refugiados do campo. Ela permaneceu deitada durante três dias, no quarto dia ela entregou a alma que nem um cachorro sem dono. Que Alá tenha piedade dela.

Guiado pelo ajudante de campo do generalíssimo, nós fomos até o acampamento em que tinha vivido a tia. As últimas palavras da tia tinham sido para mim. Ela estava muito preocupada com meu destino, disse um refugiado de Togobala que a tinha assistido em seus últimos instantes. Eu chorei amargamente, o coronel Saydu desabou no chão. Yacuba fez suas preces e disse que Alá não quis que eu revisse minha tia; então, que a vontade de Alá fosse feita assim na terra como no céu. Quando eu vi Saydu desabar e cair batendo as mãos no chão, fiquei enojado e enxuguei as lágrimas. Porque Saydu dizia chorando: "A morte da tia dói, dói demais. Eu não vou mais poder levar ela para o doutor. E o doutor não é mais obrigado a me dar o milhão." Era o milhão de CFA que Saydu lamentava, e não a tia.

O refugiado de Togobala que assistiu a tia durante seus últimos momentos chamava-se Sidiki. Sidiki deu ao doutor a tanga e a blusa rasgadas em farrapos que a tia tinha no corpo. O doutor beijou-as. Faforo (caralho do meu pai)! Dava dó de ver.

Sidiki tinha os bens de outro refugiado de Togobala que também tinha morrido para respeitar as ordens de boicote. Era um intérprete. Ele se chamava Varrassuba Diabatê. Era um malinquê e, entre os malinquês, quando alguém usa o nome Diabatê, ele é da casta dos *griots* (casta, classe social fechada; o que quer dizer que ele é *griot* de pai para filho e não tem direito de se casar com uma mulher que não seja *griote*). Varrassuba Diabatê era inteligente como todas as pessoas de sua casta. Ele compreendia e falava diversas línguas: francês, inglês, pidgin, krahns, gyo e outras línguas dos negros pretos nativos selvagens daquele país desgraçado que é a Libéria. Por isso ele era empregado como intérprete pelo ACNUR. Varrassuba tinha muitos dicionários: Harrap's, Larousse, Petit Robert, Inventário das particularidades lexicais do francês na África negra e outros dicionários das línguas dos negros e pretos e selvagens da Libéria. Cada vez que um figurão qualquer do ACNUR queria visitar a Libéria, faziam com que ele fosse acompanhado por Varrassuba Diabatê. Um dia, Varrassuba Diabatê acompanhou um figurão até Sanniquellie, região do ouro. Lá ele viu os patrões garimpeiros. Ele soube que os patrões garimpeiros ganhavam dinheiro aos montes. Varrassuba Diabatê deixou pra lá a pessoa que ele estava encarregado de acompanhar. Ele ficou em Sanniquellie e se instalou como patrão garimpeiro. Ele estava começando a ganhar muito dinheiro quando os krahns chegaram em Sanniquellie. Eles não queriam saber de malinquês como patrões garimpeiros. Varrassuba deu no pé do campo djona-djona (dare-dare). Ele foi se juntar ao campo de El Hadji Koroma, o refúgio dos malinquês, com seus dicionários. Sua intenção era retornar para Abdijão para exercer sua profissão lucrativa de intérprete. Infelizmente, ele chegou ao campo muito doente. Por causa do boicote, ele não pôde ser tratado. Ele morreu e jogaram o corpo na vala comum. Sidiki não sabia o que fazer dos dicionários. Ele me deu todos de presente. Eu peguei e guardei o Larousse e o Petit Robert para o francês; o Inventário das particularidades lexicais do francês da África negra; o Harrap's para o pidgin. São dicionários que me servem para este blablablá.

Sempre guiados pelo ajudante de campo, nós fomos até a vala comum em que a tia foi jogada. Nós agachamos em volta da vala para rezar. A reza era dirigida por Yacuba. Mas Yacuba ainda nem tinha acabado de pronunciar os primeiros "Alá kubaru, Alá kubaru", quando nós vimos chegar Seku, ninguém sabia de onde. Ele se ajoelhou com devoção. Seku é o amigo de Yacuba, o amigo que fazia aparecer sem mais nem menos um frango branco. Seku era como Yacuba um multiplicador de notas de dinheiro e um grigriman. As preces eram ditas com uma voz tão distinta e tão pura por Yacuba que elas subiram diretamente ao céu. Mas talvez não tenham sido aceitas, pois das sete pessoas que estavam agachadas em volta da vala comum na qual repousava a tia, três eram bandidos. As sete pessoas eram: o doutor, o ajudante de campo do generalíssimo, Yacuba, Seku, Saydu, o auxiliar de Seku e eu, Birahima, a criança de rua sem eira nem beira. Os três bandidos saqueadores sem lei nem rei por causa dos quais as rezas não podiam ser aceitas por Alá eram Saydu, Yacuba e Seku. Por isso é que vamos fazer outras preces, com outros imames, muitas outras preces para o repouso da alma da tia.

Agora a estrada era uma reta só, a estrada para Abdijão via Man era uma reta só (via significa passando por Man). Nós estávamos em cinco no jipe Pajero do doutor Mamadu. O doutor, o motorista dele, Yacuba, Seku e eu. Saydu não fazia parte da viagem, ele não quis vir. No último minuto ele tinha se enchido de coragem e perguntado ao doutor:

— Mahan era uma tia minha, portanto eu devia procurar por ela sem nada em troca. Mesmo assim você tinha me prometido um milhão. E eu, eu já tinha me acostumado com o milhão e ficava o tempo todo me imaginando milionário. Eu queria abrir uma mercearia com esse milhão. Agora que a tia morreu, me diz, me diz francamente se você vai me dar pelo menos uma parte desse milhão.

— Nada, não vou dar absolutamente nada, porque tenho que organizar o funeral de mamãe — respondera o doutor.

Então Saydu se virou e disse:

— Então eu fico aqui em Worosso para gozar de minha patente de coronel.

Eu, eu estava no banco traseiro do jipe, apertado entre Yacuba e Seku. A estrada era reta. Os dois grandes bandidos assaltantes estavam muito contentes. As calças compridas deles estavam pesadas por causa dos sacos de ouro e diamantes e o doutor tinha prometido intervir em Boundiali para que mudassem os termos das certidões de nascimento deles. Eles poderiam fazer novas carteiras de identidade e poderiam exercer, sob as barbas de todo mundo, suas profissões de multiplicadores de notas de dinheiro, em Abdijão. Walahê (em nome do Todo-Poderoso)!

Eu estava folheando os quatro dicionários que tinha acabado de herdar (receber um bem transmitido por sucessão). A saber, o dicionário Larousse e o Petit Robert, o Inventário das particularidades lexicais do francês da África negra e o dicionário Harrap's. Foi então que brotou no meu coco (minha cabeça) essa idéia mirífica de contar minhas aventuras de A a Z. De contá-las com as palavras doutas francesas de francês, tubab, colono, colonialista e racista, com os palavrões de africano negro, preto, selvagem, e com as palavras de preto de pidgin cafajeste. Foi esse momento que o primo, o doutor Mamadu, escolheu para me perguntar:

— Birahimazinho, conta tudo, conta para mim tudo o que você viu e fez; conta para mim como foi que tudo isso aconteceu.

Eu me acomodei, me sentei direito e comecei: Eu decidi. O título definitivo e completo do meu blablablá é *As crianças-soldados ou Alá não é obrigado a ser justo em todas as coisas aqui embaixo.* Eu continuei a contar minhas bobagens durante vários dias.

E primeiro... e um... Meu nome é Birahima. Sou um neguinho. Não porque sou black e moleque. Não!... etc., etc.

E dois... Não fui longe na escola; parei no segundo ano primário. Caí fora da escola porque todo mundo... etc., etc.

Faforo (caralho, bangala do meu pai)! Gnamokodê (puta-que-pariu)!

COLEÇÃO

LATITUDE

A coleção Latitude é uma seleção do que há de melhor na ficção contemporânea dos países e regiões de língua francesa. Ela é fruto da colaboração entre a Editora Estação Liberdade e os serviços culturais franceses, suíços e canadenses. O objetivo é abrir uma janela para a literatura dos diversos países e regiões que contribuíram para o florescimento desta importante língua literária, assim como dar espaço para autores, obras e editoras nem sempre contempladas pela lógica do mercado.

OBRAS JÁ LANÇADAS

O convidado desconhecido
Olivier Cadiot (França)

As formigas da estação de Berna e outras ficções suíças
Bernard Comment (Suíça)

Alá e as crianças-soldados
Ahmadou Kourouma (Costa do Marfim)

PRÓXIMOS LANÇAMENTOS

- *A questão humana*, de François Emmanuel (Bélgica)
- *Vidas minúsculas*, de Pierre Michon (França)
- *Comédia clássica*, de Marie NDiaye (Senegal)
- *Palavras de baixo calão*, de Réjean Ducharme (Canadá)

ESTE LIVRO FOI COMPOSTO EM GATINEAU 10,7 POR 14,8 E IMPRESSO SOBRE PAPEL CHAMOIS BULK DUNAS 80 g/m² NAS OFICINAS DA BARTIRA GRÁFICA, SÃO BERNARDO DO CAMPO-SP, EM OUTUBRO DE 2003.